봉신연의 8

지은이 허중림
옮긴이 김장환

도서출판 신서원

역사여행 24 봉신연의 8

2008년 6월 20일 초판1쇄 인쇄
2008년 6월 25일 초판1쇄 발행

지은이 ▪ 許仲琳
옮긴이 ▪ 김장환
펴낸이 ▪ 임성렬
펴낸곳 ▪ 도서출판 신서원
서울시 종로구 교남동 47-2 협신빌딩 209호
전화 : 739-0222·3 팩스 : 739-0224
등록번호 : 제300-1994-183호(1994.11.9)
ISBN 978-89-7940-724-2

신서원은 부모의 서가에서 자녀의 책꽂이로
'대물림'할 수 있기를 바라며 책을 만들고 있습니다.
잘못된 책은 연락주세요.

목차

81 자아가 동관에서 두창신을 만나다 ▪ 5

82 삼교가 만선진에 크게 모이다 ▪ 31

83 세 대사가 사자·코끼리·들개를 거두다 ▪ 53

84 자아의 병사가 임동관을 취하다 ▪ 77

85 등곤·예길 두 군후가 주나라 군주에게 귀순하다 ▪ 111

86 면지현에서 오악이 하늘로 돌아가다 ▪ 145

87 토행손 부부가 진에서 죽다 ▪ 173

88 무왕의 용주에 백어가 튀어오르다 ▪ 199

89 천자가 백성의 뼈를 잘라내고 임신부의 배를 가르다 ▪ 225

90 자아가 신도와 울루 두 귀신을 잡다 ▪ 253

子牙潼關遇痘神

자아가 동관에서 두창신을 만나다

진 안으로 쫓아들어간 양임이 살피니 여악은 팔괘대卦臺에 오르고 있었다. 마침 여악이 온황산을 퍼들어 아래로 내리덮자 양임이 오화선五火扇을 한 번 흔들었다. 그러자 온황산은 재로 변하여 바람에 날려 사라졌다.

계속해서 여러 번 부채를 흔드니 20여 개의 온황산이 모두 재가 되어 날아갔다. 이때 온부신瘟部神 이평李平이 여악에게 주나라 군대에 대적하지 말라고 권고하려고 진으로 들어왔는데, 운명이란 정해진 것인지라 공교롭게도 바로 그때 양임이 부채를 흔들어 부칠 때였다. 운명이란 이처럼 공교로운 것이다. 이평이 어찌 벗어날 수 있었으랴!

여악과 같은 절교문하였던 이평은 진정한 마음으로 사악함과 올바름을 분별하려 했는데 오히려 오화선을 만나 목숨을 잃었던 것이다. 참으로 슬픈 운명이었다.

이평이 양임의 부채바람을 잘못 쐬어 재로 변하자 진경이 크게 노하여 거품을 물었다.

"어디에서 온 요망한 놈이관데 감히 내 아우를 해치느냐!"

칼을 들고 급히 양임에게 덤벼들자, 양임이 부채를 계속해서 몇 번 부치니 진경은 물론이고 그가 서 있던 땅까지도 모두 붉게 타올랐다.

여악은 팔괘대 위에서 사태가 심상치 않음을 보고 그 신화神火를 피할 묘책을 궁리하면서 도망칠 기회만을 노렸다. 그러나 양임의 부채가 오화五火의 진성眞性이 모여 이루어진 것임을 몰랐으니 어찌 오행의 화火를 피할 수 있었겠는가?

여악은 불꽃의 형세가 더욱 거세져서 이미 진압할 수 없음을 보고 물러나 뒤로 도망갔는데, 양임이 그를 바짝 쫓아와 계속해서 부채를 부쳐대니 결국 팔괘대와 여악은 함께 재가 되고 말았다.

세 혼백이 모두 봉신대로 갔다.

양임이 온황진을 부수고 보니, 자아가 사불상 위에 꼼짝 않고 엎드려 있었는데, 손에는 행황기를 들었고 좌우에는 금빛 꽃이 만발하여 그의 몸을 보호하고 있었다.

여러 문도들이 모두들 덤벼들어 그를 부축했다. 자아는 말을 하지 못했으며 얼굴색은 마치 옅은 금빛처럼 누렇게 떠 있었다. 사불상이 훌쩍 뛰어올랐다.

대왕은 군영 밖에 서서 무길이 자아를 등에 업고 오는 것을 보았다. 왕의 얼굴에 하염없는 눈물이 흘렀다.

"상보께서는 오직 나라와 백성을 위하다가 고난 중의 고난을 당하게 되었구려!"

무길은 군중에 이르러 자아를 침상에 눕혔다. 운중자가 단약을 자아의 입에 흘려넣어 단전으로 내려보냈다. 잠시 뒤 자아가 눈을 떠서 여러 장관들이 좌우에 서 있는 것을 보고 말했다.

"여러분을 심히 마음 쓰게 했소이다."

대왕이 크게 기뻐하며 말했다.

"상보께서는 마음 놓으시고 몸조리나 잘하시오."

자아가 군영에서 며칠 동안 요양하고 있을 때 운중자가 말했다.

"당신은 마음을 넓게 가지시오. 나중에 만선진萬仙陣을

만나게 되면, 우리가 다시 와서 돕겠으니 오늘은 이만 헤어집시다."

자아는 굳이 만류하지 않았고 운중자는 종남산으로 돌아갔다.

자아가 관을 공격할 궁리를 하고 있던 차에 양임이 앞으로 나서서 말했다.

"전에 제가 네 장수를 관 안에서 몰래 풀어주었으니, 원수께서는 속히 군사를 파견하십시오."

이에 자아는 관 안에 네 장수가 있다는 양임의 말을 듣고, 안과 밖에서 협공하면 관을 취할 수 있으리라 생각했다. 그리하여 여러 장수들에게 관을 공격할 준비를 하라고 명했다.

한편 서방徐芳은 온황진이 격파당하는 것을 보고 있었는데, 좌우에서 보고가 들어왔다.

"방의진은 이미 죽었으며, 네 장수는 행방을 모르겠습니다."

서방은 몹시 다급해졌다. 문 밖에서는 울부짖는 소리가 땅을 진동하고 징과 북소리가 요란하며 함성이 그치지 않았는데, 마치 하늘과 땅이 무너지는 것 같았다.

서방은 수비를 위하여 급히 관에 올랐다. 병마를 이

끈 주나라 병사들이 대단한 기세로 사방에서 구름사다리와 화포를 설치하면서 공격해 들었다.

뇌진자가 공중으로 날아올라 성루를 황금곤으로 후려치자 한쪽 모퉁이가 무너져 내렸다. 서방은 더 이상 막아낼 수가 없었으므로 급히 전각 아래로 내려갔다.

뇌진자는 이미 성 위에 서 있었다. 나타도 풍화륜을 타고 성 위로 올라갔다. 성을 지키던 군사들은 뇌진자의 위력을 보고 일제히 도망쳤다.

나타가 성가퀴에서 내려와 관문을 열어젖히자 서주 병사들이 물밀듯이 밀고 들어갔다. 곤경에 처한 서방은 말을 몰아 창을 휘두르며 저항했으나, 주나라의 대소 장수들의 포위는 실로 엄중했다. 지옥과도 같은 혼전이 거듭되었다.

한편 관 안에 있던 황비호·남궁괄·홍금·서개 등 네 장수는 주나라 군대가 성공한 것을 알고 관 앞까지 달려나갔다. 주나라 병사들이 이미 서방을 포위한 것을 보고 황비호가 크게 소리쳤다.

"서방은 도망치지 말라, 내가 간다!"

서방은 마침 초조해 하고 있던 차에 또한 황비호를 비롯한 네 사람이 맹렬한 기세로 짓쳐드는 것을 보고 놀라 응전하려 했으나, 이미 때가 늦어 있었다. 황비호가 달려들어 검을 내리치자 서방이 재빨리 몸은 피했으나, 그 통에 검은 말머리를 베어 떨어뜨렸다. 그는 말에서 굴러 떨어져 서주군 사졸들에게 사로잡히고 말았다.

서방은 결박된 채 관 아래로 끌려나갔다. 장수들은 병사들을 거두고 관으로 들어오는 자아를 영접했다. 자아는 즉시 방을 내걸어 백성을 안심시켰다.

황비호 등이 자아를 배알하자 자아가 말했다.

"장군들은 위태로운 지경에 빠져 있었는데 다행히 하늘의 도우심으로 전화위복이 되었으니, 이 모두 나라를 위하는 장군들의 충심이 천지를 감응시켰기 때문일 것이오."

천운관에서 장수들의 자리가 정해지자 자아가 서방을 끌고 오라 명했다. 좌우에서 그를 끌어내 단 앞에 이르렀다. 쇳도막처럼 꼿꼿이 서서 무릎조차 꿇지 않는 서방을 보고 자아가 욕하며 말했다.

"네 이놈, 서방! 너는 형을 사로잡아 이미 혈육의 정을 끊었으며 신하된 자로서 변방을 지키는 책임을 다하지 못했는데 감히 무슨 낯짝으로 이리 무엄하게 구느냐? 이 금수 같은 놈, 이놈을 속히 끌어내 목을 베어라!"

군사들이 서방을 끌고 나가 참수했다. 천운관에 그의 목이 매달렸다. 대왕이 주연을 베풀어 장수들과 술을 마시고 삼군을 위로하여 포상했다.

다음날 자아의 명에 따라 80리를 행군한 서주군은 동관潼關에 이르러 군대를 주둔시키고 포성을 울리면서 영채를 세우게 했다. 자아가 군막에 오르자 여러 장수들이 배알을 마친 뒤 공격할 방법을 상의했다.

동관의 주장은 여화룡余化龍이었다. 그에게는 아들 다섯이 있었는데, 곧 여달余達·여조余兆·여광余光·여선余先·여덕余德이었다. 그런데 여덕은 이미 출가하여 동관에 있지 않았으므로 여화룡을 포함한 부자 다섯만이 관을 지키고 있었다.

홀연 관 밖에서 포성이 울리더니 정탐병이 달려왔다.

"서주군이 관에 당도하여 영채를 세웠습니다."

여화룡이 네 아들에게 말했다.

"서주군은 승리를 앞세워 오늘 여기에 이르렀다. 만만치 않은 적이니 모름지기 기력을 다해야 할 것이다."

네 아들이 일제히 대답했다.

"아버님께서는 염려 놓으십시오. 자아, 그자가 얼마나 재주가 많은지는 모르겠으나 단지 우연히 승리를 거둔 것이라 생각됩니다. 그러니 어찌 이 관을 지날 수 있겠습니까?"

여화룡은 네 아들의 늠름한 기개를 보고 마음이 흡족

했으나, 상대가 상대인 만큼 방비에 추호도 허술함이 없게 당부했다.

다음날 자아가 막사에 올라 좌우에게 물었다.

"누가 나가서 이 관을 공략하겠는가?"

옆에 있던 태란太鸞이 대답했다.

"소장이 가겠나이다."

자아가 허락하자, 태란이 동관 아래에 이르러 싸움을 걸었다. 보초관이 관으로 들어가 보고하자, 여화룡이 장자 여달에게 관을 나설 것을 명했다.

여달이 명을 받들고 관을 나갔다. 태란이 멀리서 보니 동관 안에서 한 장수가 은갑옷에 붉은 도포를 걸치고 모습도 단정하게 관을 튀어나오고 있었다.

"동관에서 온 장수는 누구인가?"

"나는 여 원수의 장자 여달이다. 오래 전부터 듣자 하니 강상이 대역무도하게도 조정에 원한을 품고 군사를 일으켰다고 한다. 신하로서 절개를 지키지 않은 채 조정의 요충을 침범했으니 이는 자멸을 자초한 일이다."

"우리 원수께서는 하늘의 뜻을 받들어 정벌에 나선 것으로, 동쪽으로 다섯 관을 진격하여 도탄 속의 백성들을 어루만지고 죄 있는 관리를 정벌하며 천하의 제후들을 회합하여 은 땅에서 정치를 살펴보려 하신다. 다섯 관

가운데서 이미 셋이 복종하는데, 너는 어찌하여 감히 하늘의 군대를 거역하느냐? 속히 무기를 버리고 너 하나의 목숨이라도 건지는 것이 좋을 것이다."

여달이 크게 노하여 창을 휘두르며 달려들자 태란이 칼로 맞섰다. 두 장수가 맞붙어 이삼십 합을 싸운 뒤 여달이 말을 재촉해 달아나자 태란이 뒤쫓았다.

여달은 뒤에서 말이 달려오는 소리를 듣고 급히 당심저撞心杵를 꺼내 손을 돌려 태란의 얼굴을 향하여 던졌다. 미처 방비하지 못한 태란은 어이없게도 안장에서 굴러 떨어졌다. 여달이 달려와 창으로 찔러 그의 목숨을 끊어버렸다.

검붉은 피가 하늘로 솟구쳤다. 여달은 태란의 머리를 창끝에 꽂은 채 북을 울리며 관으로 돌아왔다.

한편 병사가 돌아가 태란의 참살을 보고하자, 자아는 태란의 죽음을 듣고 낙담했다.

"괸 히나를 지날 때마다 또 얼마나 많은 희생을 치러야 하는가! 태란은 참으로 아까운 장수였으니, 뜻은 같이 세웠으되 한 조각의 봉토도 함께 나누지 못하는구나!"

다음날 자아가 군막에 오르자 소호가 군막으로 들어와 관을 공격하러 가겠다고 했다. 자아가 허락하자 소호가 말에 올라 관 아래에 이르러 싸움을 걸었다. 여화룡은 차남인 여조에게 관을 나가 대적할 것을 명했다.

소호가 물었다.

"거기 오는 자는 누구인가?"

"여 원수의 차남인 여조다. 너는 대체 누구냐?"

"기주후 소호."

"노장군! 소장이 황친皇親을 몰라뵈었습니다. 노장군께서는 귀척의 신분으로 세세토록 국은을 입었으니 마땅히 왕토를 함께 지켜 국은에 보답해야 할 텐데, 어찌하여 천자의 총애를 잊은 채 하루아침에 모반하여 반역의 무리를 돕는단 말입니까? 장군께서는 결코 그리하면 안 됩니다. 일단 주무왕이 세력을 잃고 나면 장군은 사로잡혀 몸은 죽고 나라는 망하여 만세토록 비웃음거리가 될 것이니, 그땐 어찌하시렵니까? 지금 무기를 버린다면 오히려 전화위복이 될 수도 있습니다."

소호가 젊은 여조의 말이 온순한 듯하면서도 비아냥이 섞여 있었으므로 크게 노하여 말했다.

"천하의 대세는 십중팔구가 이미 은나라의 영토가 아니니, 어찌 한낱 이 동관에 있어서야!"

말을 몰아 창을 휘두르면서 여조를 향했다. 여조는 급히 막았다. 10합쯤 싸웠을 때 여조가 행황번 하나를 펼치자 지척이 온통 금빛 광채에 휩싸여 여조는 물론이고 말까지 사라져 버렸다. 소호는 여조가 어디로 갔는지 몰라 급히 주위를 둘러보았다.

바로 그때 뒤에서 말발굽소리가 들렸다. 소호가 황망히 말을 돌렸으나 순간 여조의 창이 옆구리를 찔러들었다. 다시 한 영혼이 봉신대로 갔다.

여조는 소호의 머리를 베어가지고 관으로 들어가 부친에게 공을 보고했다. 소호의 수급도 태란의 그것과 나란히 성루에 매달리게 되었다.

한편 자아는 소호가 또 당한 것을 보고 참을 수 없는 비통함에 빠졌다. 모든 장수들도 소호의 죽음을 함께 애도했다.

소호의 장자 소전충이 그 소식을 듣고 가만히 있을 리 없었다. 통곡하며 군막으로 들어가 부친의 원수를 갚겠다고 하자, 자아는 할 수 없이 허락했다.

소전충은 노한 기세로 말을 몰고 나가 관 아래에 이르러 싸움을 걸었다. 여화룡은 셋째아들 여광에게 출관을 명했다. 소전충은 관에서 한 소년이 나오는 것을 보며 어금니를 앙다물고 대갈일성했다.

"네가 바로 내 부친의 원수 여조더냐? 빨리 나와 죽

음을 받아라!"

"아니다. 나는 여 원수의 셋째아들 여광이다."

소전충이 크게 노하여 말을 몰아 갈래창을 휘두르면서 돌격했다. 20여 합을 크게 싸웠을 때, 여광이 말을 몰아 달아났다. 소전충은 부친이 살해당했으므로 우레와 같은 분노를 품고 있었다.

"네놈을 죽이기 전에는 결코 돌아가지 않을 것이다!"

소전충이 쫓아오자 여광은 기다렸다는 듯이 매화표梅花標 표창을 꺼내 몸을 돌려던지니 다섯 개가 일제히 날아갔다. 소전충의 몸에는 세 개의 표창이 꽂혔고 그는 거의 말에서 떨어질 뻔했으나 간신히 말을 돌릴 수 있었다. 여광 또한 승리를 거두고 관으로 들어가 부친께 보고했다.

"소전충은 표창을 맞고 패주했습니다."

여화룡이 크게 기뻐하며 말했다.

"내 아들들의 무용이 이토록 훌륭한 줄 몰랐도다. 이 아비가 직접 자아를 만날 것이니, 하루라도 빨리 서주군을 격퇴시켜 성은에 보답토록 하자."

다음날 포성과 함성을 울리면서 여 총병이 네 아들을 거느리고 관을 나왔다. 주나라 진영에 이르러 싸움을 걸자, 자아가 여러 장수들과 함께 군영을 나가 대적했는데 좌우의 군위가 매우 당당했다.

여화룡이 자아의 출병을 보고 감탄했다.

'자아가 용병에 뛰어나다고 하더니만 과연 헛된 말이 아니었구나!'

여화룡이 혼자 앞장서 나와 말했다.

"자아! 어서 오시오!"

자아가 답례하며 말했다.

"여 원수! 갑옷과 투구를 걸치고 있어 예를 다할 수가 없소. 하늘의 뜻을 받들어 독부獨夫 천자를 정벌하여 무도함을 제거함으로써, 도탄에 빠진 백성을 위무하고 죄있는 관리를 징벌하려 하오. 그러니 우리의 뜻을 받아들여 창을 꺾으시오. 원수께서는 이제 운 좋게도 세 차례나 이겼으나 오늘도 반드시 이길 것이라고 여기지 마시오. 사리분별없는 고집은 일신은 물론 가문을 멸하고 백성에게 해악을 끼칠 것입니다. 후회할 일일랑 하지 마시오."

여화룡이 웃으며 말했다.

"내 알기로 그대는 출신이 천박하여 미투리나 만들어 팔던 인물이라 들었소. 그러함에도 높은 관직에 있었음은 하늘처럼 높고 땅처럼 두터운 황은 덕택이었소. 군왕의 은혜가 그러한데도 요사스런 말로 군중을 미혹하고 나라와 군주를 배반하여 어찌 이처럼 미쳐 날뛰시오? 오늘 나를 만났으니 그대는 결코 살아남지 못하리다. 죽더라도 묻힐 땅조차 없을 것이오."

여화룡은 주위를 둘러보고 더욱 큰소리로 말했다.

"여봐라! 누가 저 강상을 사로잡아 공을 세우겠느냐?"

좌우에 있던 네 아들이 일제히 돌진했다. 소전충은 여달을 맞아 싸웠고, 무길은 여조를, 등수鄧秀는 여광을, 황비호는 여선을 맞아 싸웠다. 여화룡은 진두에서 지휘했다. 네 쌍의 장수들이 서로 맞붙어 한바탕 대전을 벌였다.

먼저 여달이 말을 몰아 달아나자 소전충이 그 뒤를 쫓았으나, 여달이 내던진 당심저에 소전충의 호심경護心鏡이 명중되어 산산이 깨져버렸다. 소전충이 말에서 꼬꾸라지는 것을 보고 여달이 말을 돌려와 창으로 찌르려 할 때, 어느 틈엔가 뇌진자가 양 날개를 펼치며 날아와 황금곤으로 여달의 머리를 내리쳤다. 여달은 그저 막는 데 급급했다. 그때 서주진영에 있던 부장 기공祁恭이 소전충을 구하여 돌아갔다.

여화룡은 뇌진자가 여달을 맞아 싸우고 있는 것을 보고, 말을 몰아 칼을 휘두르면서 자아를 공격했다. 그러자 옆에 있던 나타가 창을 빼어들고 짓쳐들었다.

양군은 그야말로 용호상박이었다. 바야흐로 살기가 무르익어 가고 있을 때, 양전이 군량을 싣고 군영에 이르렀다가 이 싸움을 보게 되었다.

양전이 혼자 생각했다.

'내가 몰래 가서 그들을 도와주어야겠군.'

양전이 멀리서 효천견을 풀어놓았다. 여화룡은 그 사실을 까맣게 모르고 있다가 결국 효천견에 목이 물려 투구까지 날아가 버렸다. 이때 나타가 급히 건곤권을 던져 여선의 어깨를 치자, 여선은 비명을 지르며 패하여 도망쳤다.

서주군이 일제히 돌진했다. 시체가 들판 가득 즐비하고 피가 개천을 이룰 정도로 끔찍한 광경이었다. 자아는 승전고를 울리며 진영으로 돌아갔다.

한편 여화룡은 효천견에게 물려 부상당했고 여선도 어깨를 다쳐 이 두 사람은 온 밤을 꼬박 새우며 신음했다. 부중의 대소 장수들이 모두 편안치 못했다. 나음날 날이 이미 밝았으나 여화룡은 여전히 신음하며 몸을 가누지 못했다.

이때 가병장이 들어와 보고했다.

"다섯째 도련님이 오셨습니다."

여덕이 침상 앞으로 달려와 부친의 이런 모습을 보고 황급히 위로했다. 여화룡이 있었던 일을 상세히 이야기해 주자 여덕이 말했다.

"염려하지 마십시오. 이것은 효천견에게 물린 상처입니다."

급히 단약을 꺼내 물에 개어 바르니 곧 씻은 듯이 나았다. 또 한 약을 조제하여 여선의 상처도 치료했다.

하루를 보내고 여덕이 관을 나가 서주진영에 이르러 자아를 보자고 했다. 보초병이 중군에 들어가 보고하였다. 자아가 곧 대진영을 나와보니 한 도동이 머리를 묶어올리고 삼베 신에 도복을 입고 서 있었다.

자아가 물었다.

"도인은 어디서 오셨는가?"

"도동은 여화룡의 다섯째아들 여덕이오. 양전이 효천견으로 나의 부친을 다치게 했고, 나타는 건곤권으로 우리 형님을 다치게 했소. 그래서 오늘 하산하여 특별히 부형의 원수를 갚으려 하오. 나는 귀공들과 더불어 도술을 드러내어 자웅을 가리고자 하오."

여덕이 성큼 다가서며 검으로 자아를 공격하자, 옆에 있던 양전이 칼을 휘둘러 황급히 막았다. 나타도 창을 빼들고 삼수팔비를 드러냈으며, 뇌진자·위호·금타·

목타·이정도 일제히 앞으로 나서서 대적하며 소리쳤다.

"이 되먹지 못한 애송이 놈을 놓치지 말라!"

여러 문인들이 일제히 나가 여덕을 가운데로 몰아넣었다. 여덕은 비록 기이한 도술이 있었지만 활용할 틈이 없었다. 양전은 여덕의 몸에 사악한 기운이 뒤덮여 있는 것을 보고 그것이 곧 좌도의 술수라는 것을 알아차렸다. 그리하여 몰래 말을 몰아 포위망에서 벗어난 뒤에 탄궁彈弓을 들고 금환金丸을 쏘아 여덕을 명중시켰다. 여덕은 크게 비명을 지르면서 토둔법으로써 달아났다.

진영으로 돌아오자 양전이 자아를 뵙고 말했다.

"여덕은 좌도의 술사로 온몸이 사악한 기운으로 뒤덮여 있으니, 요사스런 술수를 쓸 것에 대비하셔야 합니다."

자아가 말했다.

"나의 사부께서 '달·조·광·선·덕을 삼가 조심하라' 하셨는데, 바로 그 여덕이 아닌가?"

옆에 있던 황비호가 말했다.

"네 장수가 돌아가며 나흘 동안 싸웠는데, 과연 여달·여조·여광·여선·여덕이 틀림없습니다."

자아가 크게 놀라며 걱정하는 빛이 얼굴에 가득했다. 눈살을 찌푸리고 곰곰이 생각했으나 마땅한 계책이 떠오르지 않았다.

한편 여덕은 상처를 입고 패하여 관으로 돌아왔으나, 약을 먹으니 상처는 곧 깨끗이 나았다. 여덕은 이를 갈며 깊이 증오하면서 말했다.

"내가 너희들 중 한 사람이라도 남겨놓는다면 또한 유도지사有道之士가 아니리라!"

저녁이 되어 여덕이 네 형들과 말했다.

"형님들은 오늘밤 목욕재계하십시오. 제가 도술로써 서주군을 7일 안에 한 명도 남김없이 다 해치우겠소."

네 형은 그 말에 따라 각각 목욕한 뒤 옷을 갈아입었다. 초경이 되자 여덕은 다섯 개의 수건을 꺼내 각기 청·황·적·백·흑의 색깔에 따라 땅에 깔았다. 또한 다섯 개의 작은 국자를 꺼내 한 사람에게 하나씩 주었다.

"형님들은 이것을 들고 있다가 부으라고 하면 곧 사방에 부으시고 뿌리라고 하면 곧 사방에 뿌리십시오. 활을 쏘지 않고서도 7일 안에 그들을 깨끗이 해치우겠습니다."

형제 다섯이 모두 수건 위에 섰다. 여덕은 강두법罡斗法으로 걷고 선천일기先天一氣를 운용하며 급히 부적을 날렸다.

여덕은 오방운五方雲을 이용해 서주진영에 이르렀다. 공

중에 서서 이 다섯 국자의 독두(毒痘)를 사방에다 쏟아붓고는 4경이 되어 돌아왔다.

그날부터 서주진영에는 괴이한 질병이 번졌다. 자아를 비롯하여 모든 사람들은 보통의 육체를 갖고 있었으니 어떻게 견딜 수 있겠는가? 삼군이 모두 발열하기 시작했고, 여러 장수들 또한 편안치 못했다. 자아도 고열에 시달리기 시작했고 대왕 또한 몸에 이상이 있음을 느꼈다.

60만의 인마가 모두 이러했다. 사흘 뒤에는 모든 문도들과 장수들의 온몸에 좁쌀만한 물집이 돋아 거동조차 할 수 없었다. 군영 중에는 밥 짓는 연기와 불빛이 뚝 끊겼다. 보이느니 병든 개와 닭뿐이요, 들리느니 고열에 시달리는 사람들의 신음소리뿐이었다.

다만 나타는 연꽃의 화신이었으므로 이런 재난을 만나지 않았고, 양전은 여덕이 좌도의 술사임을 알아 밤중에 진영을 떠나 있었으므로 감염되지 않았다.

5, 6일이 지나자 자아의 온몸이 검게 번했다. 사람마다 어떤 이는 붉게, 어떤 이는 하얗게 반점이 퍼졌다. 이 두창의 형태는 5방위 즉 청·황·적·백·흑에 따라 나타났다. 나타가 양전에게 말했다.

"오늘 또 이렇게 되고 보니 지난번 여악(呂岳)의 일이 생각나오."

양전이 말했다.

"여악이 서기를 공격했을 때는 그래도 의지할 만한 성곽이나마 있었지만, 지금은 행영의 방책밖에 없으니 어찌 막아낼 수 있겠소? 이때 만약 동관의 여씨부자가 일시에 공격해 온다면 일을 어찌한단 말이오?"

두 사람은 초조함을 달랠 길이 없었다.

한편 여화룡 부자가 동관성 위에서 보니 서주진영에 불빛이 보이지 않고 공허하게 깃발과 방책만 늘어서 있었다. 여달이 말했다.

"서주군이 당황한 이 틈에 우리가 병사를 이끌고 일제히 공격한다면 대승을 거둘 수 있지 않겠는가?"

"큰형님, 애써 군대를 동원할 필요가 없습니다. 그들은 자연히 소멸될 것이며, 주변사람들은 우리가 현묘한 도술을 지녔다고 생각할 것입니다. 손가락 하나 움직이지 않고서도 서주 60만 대군은 자연히 소멸될 것입니다."

그러자 여씨부자 다섯이 일제히 감탄했다.

"기묘하다, 기묘해!"

다음날 양전은 자아의 병세가 더욱 위급해짐을 보고 몹시 당황하여 나타와 의논했다.

"사숙께서 이처럼 낭패를 당하여 호흡조차 곤란하니 어찌하면 좋겠소?"

이때 공중에서 황룡진인이 학을 타고 내려왔다. 양전과 나타가 중군으로 영접하여 자리에 들게 하자 황룡진인이 말했다.

"양전, 너의 사부께서는 오셨느냐?"

"아직 오시지 않았습니다."

"그가 먼저 오기로 했는데 늦어지는 모양이군. 이제 만선진萬仙陣을 격파할 때가 왔느니라."

말이 채 끝나지 않았을 때 옥정진인이 공중에서 내려왔다. 양전이 영접하여 절을 올리자, 옥정진인은 군영 안으로 들어가 자아의 병세를 살피고 머리를 끄덕이며 탄식했다.

"생각보다 정도가 훨씬 심하도다. 아무리 제왕의 스승이라지만 어쩔 수 없구나!"

옥정진인은 탄식을 금치 못하면서 바로 양전에게 명했다.

"너는 화운동化雲洞을 한번 다녀와야겠다."

양전은 명을 받고 급히 화운동으로 갔다. 마치 풍운과 같이 날쌘 모습이었다.

양전이 동부 앞에 이르렀으나 차마 안으로 들어가지

못하고 서성였다. 잠시 뒤 수화동자水火童子가 나오자, 양전이 앞으로 나아가 머리를 조아리며 말했다.

"번거롭겠지만 양전이 만나뵙기를 청한다고 사형께서 좀 전해 주십시오."

수화동자는 양전을 알아보고 급히 예를 차리고 나서 동부로 들어가 아뢰었다.

"어르신께 아룁니다. 밖에 양전이 와서 만나뵙기를 청합니다."

복희성인伏羲聖人이 들어오라 하자, 수화동자가 다시 밖으로 나가 양전에게 들어오라고 했다. 양전은 포단蒲團 앞으로 나아가 엎드려 절하며 아뢰었다.

"제자 양전이 어르신의 성수무강聖壽無疆을 기원합니다!"

절을 올린 뒤에 편지를 올렸다. 복희가 펼쳐보니 다음과 같은 내용이었다.

제자 황룡진인과 옥정진인은 목욕재계하고 돈수백배하며 삼가 벽천개지闢天開地의 호황상제昊皇上帝 보좌 앞에 글을 올립니다. 제자들은 삼교에 의지하고 영문靈文을 익히면서 마땅히 부들방석에 앉아 묵묵히 수도해야 하오나, 삼가 실례를 무릅쓰고 무엄하게 아룁니다. 제자들은 액운을 만나 살생계를 이미 범했으니, 천운에 부응한 천자를 돕고 무도한 독부를 징벌해야 합니다. 그러나 동관에 이르렀을 때,

돌연 여덕의 좌도환술을 만나 인명에 큰 해를 입었습니다. 더구나 강상 및 문도·장수·병사 등 60여만이 갑자기 좁쌀만한 물집이 생기는 돌림병에 걸렸사온데, 종기인지 독인지는 모르나 기진맥진하여 호흡도 곤란하며 조석으로 죽음만 기다리고 있을 뿐 방도가 없습니다. 어찌할 바를 몰라 인자하신 어르신께 간절히 바라나니, 측은히 여기시는 마음을 크게 베푸시어 천명을 받아 등극한 성군을 가련히 여기시고 무고한 생명을 구해 주소서. 어서 우로雨露와 같은 은혜를 내리시어 곤경에 처한 저희를 위로하여 주소서. 삼가 아뢰오며 손꼽아 명을 기다립니다.

복희는 편지를 다 읽고 나서 신농神農에게 말했다.

"지금 주무왕은 천하를 다스릴 천운에 합당한 임금인데 여러 차례 이러한 액운을 만났으니 우리가 마땅히 도와야 될 것이오."

신농이 말했다.

"황형皇兄의 말씀이 옳습니다."

드디어 단약 세 알을 쥐하여 양전에게 주자, 양전이 그것을 받고 무릎꿇으며 아뢰었다.

"이 단약을 어찌 써야 합니까?"

복희가 말했다.

"이 단약 중 두 알로는 각각 주무왕과 자아를 구하

고, 한 알은 물에 타서 군영의 사방에 뿌리면 그 독이 자연히 소멸될 것이니라."

양전이 또 물었다.

"이 질병의 이름은 무엇입니까?"

복희가 말했다.

"이것은 두창이라고 하는 것으로 돌림병이니라. 조금이라도 지체한다면 모두 죽을 것이다. 서둘러라."

"만약 이 병이 후일 인간에게까지 전염된다면 어떤 약으로 치료할 수 있습니까? 가르쳐 주십시오."

신농이 말했다.

"너는 나를 따라 자운애紫雲崖로 가자."

양전이 신농을 따라 자운애 앞에 이르렀다. 신농은 주위를 한번 둘러보더니 풀 한 포기를 뽑아 양전에게 건네주며 말했다.

"너는 인간세계로 가서 후세에 전하여라. 이 약으로 두창을 치료할 수 있느니라."

"이 약초의 이름은 무엇입니까?"

"잘 들어라. 이 약초를 시로 읊어보겠다."

자색 줄기 황색 뿌리에 여덟 개의 꽃잎,
두창이 번졌을 때 이 승마升麻로 대처하라.

상상常桑도 일찍이 현묘하고도 현묘하다 했으니,
인간세상에 전하더라도 함부로 쓰지는 말지니라.

양전은 단약을 얻고 또한 후세사람들을 구할 승마를 얻어가지고 화운동을 떠나 곧장 서주진영에 이르렀다.
옥정진인을 뵙고서 갖추어 말했다.
"단약과 승마의 풀을 함께 얻어왔으니, 두창의 재액을 모면할 수 있게 되었습니다."
황룡진인은 황급히 단약을 물에 개어 먼저 대왕을 구했고, 옥정진인은 자아를 치료했다. 양전과 나타는 물에 단약을 타서 버들가지에 묻혀 사방에 뿌렸다. 삽시간에 두창의 독이 모두 사라졌다.
삼산오악의 문도들은 범부와 달라 모두 뱃속에 삼매진화三昧眞火를 갖고 있고 오행술에 능하였으므로 금세 나았다.
다음날 자아는 문도들의 얼굴에 흉터가 있는 것을 보고 크게 노하여 여러 사람들과 함께 동관을 쳐부숴 한을 풀 것을 의논했다. 사람들이 일제히 큰소리로 외쳤다.
"오늘 동관을 손에 넣지 못하면 회군하지 않으리라!"

三教大會萬仙陣

삼교가
만선진에 크게 모이다

여화룡과 여달 등은 모두 여덕의 말만 듣고 매일 술을 마시면서 그저 서주진영의 병사와 장수들이 저절로 병으로 죽기만을 기다렸다.

어느덧 8일이 지났을 때 여화룡이 다섯 아들에게 말했다.

"오늘로 이미 8일이나 되었는데도 정탐관의 보고가 없으니 우리가 한번 성에 올라가서 살펴보자."

다섯 아들이 모두 따랐다.

마침내 원수부를 떠나 성에 올라서 보니, 서주진영은

처음 사나흘 동안의 광경과는 아주 딴판이었다. 지난번에는 진영 안에 불빛과 연기가 전혀 없었는데, 오늘 서주진영은 도리어 살기가 등등하고 위풍이 당당하고 사람마다 용기백배하고 깃발들이 엄정하고 징과 북이 제자리에 있고 창과 극과 칼들이 가지런히 놓여 있었다.

여화룡이 황급히 여덕에게 물었다.

"요 며칠 새 서주진영이 완전히 옛 모습을 되찾았으니 이 어찌된 일인가?"

여달이 옆에서 원망하며 말했다.

"동생, 네가 내 말을 따르지 않았기에 오늘과 같은 지경에 이르고 말았도다. 세상천지에 어떤 사람이 스스로 죽기를 바라겠느냐?"

여덕은 묵묵히 속으로 생각했다.

'나의 사부께서 이 도술을 전해 주실 적에 쓰는 즉시 효과가 나타난다고 하셨는데 설마 먹혀들지 않을 리가 있겠는가? 필시 무슨 연유가 있음이 분명하다.'

이렇게 생각하면서 부형에게 말했다.

"일이 이미 이렇게 되었으니 늦춘다면 이익이 없을 것입니다. 틀림없이 어떤 자가 몰래 나의 도술을 풀었음이 확실합니다. 그러나 그들은 한동안 몸이 약해져 있을 것이니 그 틈을 타서 한바탕 싸워 공을 이루는 것이 좋겠습니다. 늦춘다면 변고가 생길 것입니다."

여화룡이 그 말을 듣더니 다섯 아들을 거느리고 관을 짓쳐나가 곧장 서주진영으로 달렸다. 그러지 않아도 체면을 손상당한 여덕은 서주 장수들이 약해져 있을 것이라고 속단하여 다른 형제들을 제치고 앞장서서 달려나갔다. 그는 질풍노도처럼 내달리며 고래고래 소리를 질렀다.

때마침 자아가 여러 문도들과 장수들을 거느리고 막 진영을 순시하려던 참이었다.

양전이 말했다.

"저 애송이놈이 힘만 믿고 우리를 가볍게 여기니 스스로 죽음을 자초할 뿐입니다."

자아가 사불상에 오르자 나타가 길을 인도하고 여러 문도들이 좌우에서 옹호하며 일제히 진영을 박차고 나가 소리쳤다.

"여화룡! 이제 너희 부자가 죽을 때가 왔느니라!"

금타와 목타는 분기냉천했고, 양임은 뱃속에서 분노의 연기를 뿜어냈으며, 뇌진자는 벽력 같은 고함을 질렀고, 위호는 강철 같은 어금니를 앙다물었다. 이정은 통째로 그들 부자를 집어삼키려 했고, 용수호는 발로 수운水雲을 밟고 용감히 앞장섰다.

여씨부자가 앞을 가로막자 서주진영의 여러 문도들이 그들을 에워쌌다. 몇 합 싸우지 않았을 때 나타가 삼수팔비三首八臂를 드러내고 먼저 동관성 위로 올라갔다. 군사들은 나타의 삼수팔비를 보더니 비명을 내지르면서 모두 뿔뿔이 흩어졌다.

여화룡 부자는 나타가 관 위에 올라 있는 것을 보았으나 몸이 포위당하여 어찌할 도리가 없었다. 그때 뇌진자가 황금곤으로 여광의 정수리를 내리쳐 말에서 고꾸라지게 했다. 여광은 비명 한 번 못 지르고 즉사했다. 그러자 여달이 소리쳤다.

"이놈! 동생을 해치다니 가만두지 않겠다!"

여달은 이렇게 외치면서 뇌진자에게 덤벼들다가 위호가 옆에서 휘두른 항마저에 얻어맞아 땅바닥에 쓰러졌다. 여달의 골수가 흘러나왔다.

양임은 오화선五火扇을 부쳐 여선·여조 두 사람을 재로 만들어 날려버렸다.

여덕은 형제 4명이 이미 죽어버린 것을 보고 대노하여 곧장 자아에게 달려들었다. 자아는 이제 막 몸이 완쾌되었는지라 싸우는 데 불편하여 급히 타신편을 공중에 던져 여덕을 후려쳤다. 여덕이 땅에 나뒹굴자 곧바로 이정이 갈래창인 극으로 찔러 죽였다.

뇌진자는 나타가 성에 올라 있는 것을 보고 역시 성으로 돌진했다.

여화룡은 다섯 아들이 모두 싸우다 죽고 동관이 이미 서주에 넘어간 것을 보더니 말 위에서 외쳤다.

"천자시여! 신은 더 이상 충성을 다하여 제업帝業을 돕고 군주를 위하여 원수를 갚을 수 없으니, 이제 이 한 목숨 바쳐 군왕의 은혜에 보답하겠나이다!"

여화룡은 즉시 검을 꺼내 자결했다. 후인들이 여화룡 부자의 충절을 기리면서 시를 지어 조문했다.

철기鐵騎로 짓쳐나가 칼날을 피로 붉게 물들였으며,
동관에서 사력을 다해 싸웠으나 공을 이루진 못했네.
온 집안이 모두 은나라 군주에게 충절을 다했으니,
만 번 죽어도 굽히지 않을 단심만 새벽바람에 슬피 우네.
구차하게 녹을 먹는 것은 진정 직분에 부끄러운 일이니,
목숨 버리고서야 비로소 영웅의 기개를 알게 되었네.
청풍淸風이 뚜렷이 천 년 동안 길이 남아 있으니,
어찌 어부나 나무꾼의 담소거리가 되겠는가?

여화룡이 자결하자 자아는 군사를 몰아 관에 들었다. 그런 다음 즉시 방을 붙여 백성들을 안심시키고 부고의 물품을 조사했다.

자아는 여화룡 부자의 충절을 불쌍히 여겨 좌우 부하들에게 시체를 거두어 후하게 장례를 치르라고 명했다. 이에 사로잡힌 동관의 문도들이 감읍했다. 자아는 군사들 중에서 상처가 아직 회복되지 못한 자를 모두 동관에 머물면서 치료케 했다. 모든 분부를 막 끝냈을 때, 황룡진인과 옥정진인이 와서 자아와 의논했다.

"앞에 만선진萬仙陣이 가로막고 있으니 무왕께 잠시 이 관에서 쉬시라고 청하는 것이 좋겠소. 우리들은 인마를 이끌고 앞으로 가서 요로에 갈대집을 축조하라고 명한 뒤에 삼교의 사존들을 영접하도록 합시다. 우리들이 이 일을 거행하여 겁수劫數를 마무리짓기만 하면 이 홍진의 살기 띤 기운이 끝나게 될 것이오."

자아가 크게 기뻐하며 급히 양전과 이정에게 갈대집을 만들라고 명하자, 두 사람은 명을 받고 물러갔다. 서주진영의 장수들은 두창의 재액을 당한 여파로 모두들 몸이 약해지고 기운이 없어서 관에서 쉬고 있었다.

며칠이 지난 뒤 이정이 돌아와 보고했다.

"갈대집이 이미 완성되었나이다."

황룡진인이 말했다.

"갈대집이 이미 완성되었으니 여러 문도들은 그곳으로 가고, 나머지는 모두 40리 떨어진 곳에 진영을 치고 있다가 진을 격파한 뒤에 다시 진격하도록 합시다."

여러 장수들이 명을 받고 그곳에 주둔했다. 자아가 두분 진인과 여러 문도들과 함께 갈대집에 먼저 당도하여 보니, 꽃과 비단으로 꾸미고 그윽이 향을 피워놓고서 옥허의 문객을 영접할 준비가 되어 있었다.

오늘 만선진에서 모두 만나 홍진의 살생계를 다 마무리하고 나면 다시 제각기 근본자리로 돌아갈 것이었다. 이윽고 삼산오악의 여러 도인들이 모두들 박수를 치고 크게 웃으면서 왔다. 광성자·적정자·문수광법천존·보현진인·자항도인·청허도덕진군·태을진인·영보대법사·도행천존·구류손·운중자·연등도인 등 여러 도인들이 자아가 머리를 조아려 인사하는 것을 보고 말했다.

"오늘의 만남으로 그 1천 5백 년 동안의 겁수를 마무리하게 될 것이오."

자아는 도인들을 갈대집으로 영접하여 자리에 모신 뒤에 진을 격파할 방법을 논의했다. 연등도인이 말했다.

"사장師長께서 오시면 자연히 방법이 생길 것이오."

모두들 묵묵히 정좌하고 있었다. 이때 금령성모는 만선진 안에 있다가 연등도인의 이마 위에서 삼화三花가 나타나 하늘로 뻗는 것을 보고는 옥허문하의 여러 도인들이 왔음을 알았다.

금령성모가 마침내 뇌성을 울리면서 하늘과 땅을 진동시키자, 한바탕 운무가 퍼지면서 만선진이 모습을 드러냈다.

갈대집에 있던 여러 선인들이 눈을 부비고 몇 번씩이나 자세히 살펴보았더니, 위아래로 줄줄이 늘어선 사람들은 모두 삼산·오악·사해에서 소요하는 절교의 도객들로 기기묘묘한 사람들이었다. 이를 보고 연등도인이 머리를 끄덕이면서 여러 도인들에게 감탄의 말을 했다.

"오늘에야 비로소 절교에 이렇게 수많은 인재가 있음을 알았소. 그러나 우리 교에는 손으로 꼽아 셀 수 있을 정도의 사람밖에 없소."

무리 속에서 황룡진인이 말했다.

"도우 여러분! 태초 이래로 도道만이 홀로 존귀했으나 다만 절교의 문중에만 넘치게 전해져서 잘못된 무리들에게까지 두루 미쳤으니, 쓸데없이 정신만 낭비한 채 애써 고생한 공부가 정말로 안타깝소. 또한 저들은 성性과 명命을 둘 다 수행해야 함을 모르고서 일생 동안의 노력을 헛되이 하여 생사윤회의 고통을 면할 수 없게 되었으니 진실로 서글프오!"

도행천존이 말했다.

"이번 만남이야말로 바로 우리가 겪어야 할 1천 5백

년 동안의 접수이니 정말 치르기 힘든 일이 될 것이오. 지금 우리들이 먼저 갈대집을 내려가 한번 살펴보는 것이 어떻겠소?"

연등도인이 말했다.

"우리는 굳이 가서 볼 필요 없소이다. 사존께서 오시기만 하면 자연히 만날 기회가 있을 것이오."

광성자가 말했다.

"저들과 쟁론하지도 않고 또한 저들의 진을 공격하지도 않으며 멀리서 보기만 한다면 무슨 해가 되겠소?"

여러 도인이 말했다.

"광성자의 말씀이 매우 타당하오."

연등도인은 더 이상 여러 도인들을 막지 못하고 하는 수 없이 갈대집을 내려가는 데 동의했다. 모두 함께 만선진을 보러 갔다.

만선진은 문과 창이 중첩되어 있고 살기가 가득했다. 여러 선인들이 고개를 내저으며 말했다.

"참으로 대단하군! 사람들마다 모두 기이하고 흉악한 모습으로, 도행을 닦으려는 의지는 전혀 보이지 않고 도리어 싸움만 하려는 살벌한 마음뿐이로다."

연등도인이 사람들에게 말했다.

"여러 도형들! 그래도 저들에게 도를 깨달은 신선의 자질이 있다고 보십니까?"

여러 선인들이 다 보고 나서 막 갈대집으로 돌아가려 할 때, 만선진 안에서 종소리가 들리더니 한 도인이 노래를 부르면서 나왔다.

사람들은 마수馬遂를 바보신선이라 비웃지만,
바보신선의 가슴속에 진정한 현묘함이 담겨 있다네.
진정한 현묘함의 길을 걷는 사람은 아무도 없지만,
나만이 홀로 반도회蟠桃會에 몇 천 번이나 나아갔다네.

마수가 노래를 다 부른 뒤에 소리쳤다.

"옥허의 문도들! 이미 우리의 진을 훔쳐보러 왔으니 감히 나와 한번 우열을 가려보겠는가?"

이 말을 들은 연등도인이 여러 문도들에게 말했다.

"여러분이 이 악진을 보러오자고 우겼기에 이러한 말썽이 생기고야 말았소."

황룡진인이 앞으로 나서며 말했다.

"마수, 그대는 그렇게 자신만만해 하지 말라. 지금은 그대와 우열을 논하지 않을 것이다. 다만 교주 사존께서 오시면 자연히 진을 격파할 때가 올 것이다. 그런데 어찌하여 그대는 횡포를 부리면서 흉악하게도 우리 교단을 능멸하느냐?"

마수가 뛰어 내달으며 검을 들고 덤벼오자, 황룡진인이 손에 든 검으로 급히 막았다. 단지 한 차례 맞붙고 나서 마수가 금고金箍 즉 쇠굴레를 던져 황룡진인의 머리를 감아버렸다. 머리가 아파 못 견뎌 하는 황룡진인을 여러 선인들이 급히 구하여 모두들 갈대집으로 돌아왔다.

황룡진인이 황급히 쇠굴레를 벗으려 했으나 아무리 해도 벗을 수가 없었으며, 다만 삼매진화三昧眞火만 눈에서 뿜어나왔다. 모두들 한바탕 소란이 벌어졌다.

이때 원시천존이 만선진을 보러오면서 먼저 남극선옹에게 옥부玉符를 갖고 떠나게 했다. 남극선옹이 학을 타고 오면서 보니 운광雲光이 아스라이 펼쳐 있었다.

마수가 남극선옹을 보고 급히 공중에 운광을 설치하여 가는 길을 막으니, 남극선옹이 웃으면서 말했다.

"마수야, 너는 함부로 날뛰지 말라. 교를 관장하시는 사존께서 오시느니라."

마수가 막 싸우려 할 때 뒤에서 선악仙樂이 울리면서 기이한 향기가 온 땅에 가득했다. 마수는 더 이상 싸울 수 없음을 알고 운광을 거두어 본진으로 돌아갔다.

남극선옹이 먼저 갈대집에 도착하여 여러 신선들을 거느리고 나가 난가鸞駕 수레를 영접한 뒤에 원시천존을 갈대집의 상석으로 모셨다. 여러 문도들이 배알을 마치고 양쪽에 시립하자 원시천존이 말했다.

"황룡진인은 쇠굴레의 액을 당했구나. 어서 나오너라."

황룡진인이 앞으로 나가자 원시천존이 손으로 한번 가리켰더니 금세 굴레가 벗겨졌다. 황룡진인이 감사의 예를 올리자 원시천존이 말했다.

"오늘 그대들 모두는 이 재액을 원만히 해결하고 나면 각자 동부로 돌아가 심성을 갈고 닦아 몸 안의 삼시신三尸神을 제거하라. 다시는 이러한 홍진의 재난을 일으켜서는 아니 되느니."

여러 문도들이 머리를 조아리며 말했다.

"사존의 만수무강을 빕니다!"

한참 정좌하고 있을 때 홀연히 공중에서 한바탕 선향과 선악이 표연히 내려왔다. 원시천존은 이미 노자가 오는 것을 알고 여러 문도들을 데리고 나가 영접했다. 판각청우板角青牛에서 내린 노자가 원시천존의 손을 잡고 갈대집으로 들었다.

여러 문도들이 배알을 마치자 노자가 손바닥을 치면서 말했다.

"주나라는 겨우 8백 년 왕업에 불과한데도 내가 이 홍진에 서너 차례 나왔으니 가히 운명이란 피하기가 어렵도다. 그러니 신선이나 불조佛祖인들 어찌 피할 수 있겠는가?"

원시천존이 맞장구를 쳤다.

"속세의 겁운은 세상 밖의 신선들도 면할 수가 없는데, 하물며 저희 같은 문도들은 직접 살생계를 범했으니, 이 한 차례의 겁수도 넘기기가 힘들 것입니다."

두 분 사존은 말을 마치고 나서 단정히 묵좌했다. 시간이 2경에 이르자, 각 성현의 이마 위에서 구슬처럼 영롱한 상서로운 구름과 빛이 피어올라 온 공중에 무한한 서기가 가득 찼으며 곧장 은하수까지 뻗어올랐다.

한편 금령성모는 만선진 안에 있다가 갈대집에서 피어오르는 상서로운 기운과 구름을 보고는 천교의 두 사백이 이미 온 것을 알고서 혼자 생각했다.

'오늘 천교의 사백이 이미 오셨으니 우리 사부도 빨리 오셔야 되겠는 걸.'

날이 샐 무렵에 홀연히 공중에 선악이 가득 울려 퍼지고 딸랑거리는 패옥소리가 끊이질 않으면서, 벽유궁을 떠난 통천교주가 여러 신선들을 거느리고 친히 만선진에 당도했다. 금령성모는 이를 알고 급히 여러 선인들과 함께 통천교주를 영접하여 진문으로 들어가 팔괘대 위로 모셨다.

만선萬仙이 모두 배알을 마치자 금령성모가 말했다.

"두분 사백께서 이미 와 계십니다."

통천교주가 말했다.

"좋다! 지금의 상황은 달이 이지러지면 다시 둥글어지기 어려운 것과 같도다. 이미 만선진을 설치한 이상 반드시 저들과 자웅을 겨루어 지존의 지위를 결정하리라. 오늘은 만선이 모두 모여 이 겁수를 마무리할 것이니라."

마침내 장이정광선長耳定光仙에게 명했다.

"너는 저 갈대집으로 가서 두분 사백을 뵙고 이 봉서를 전하라."

장이정광선이 명을 받고 곧장 갈대집으로 가니 양전 등이 모두 좌우에 늘어서 있었다. 나타가 누구냐고 묻자 장이정광선이 말했다.

"나는 명을 받들어 봉서를 가지고 사백을 뵈러온 사람이오. 그대가 좀 통보해 주시오"

나타가 앞으로 나아가 아뢰었다. 노자가 들어오라고 하자, 나타가 다시 나가 알렸다. 장이정광선이 갈대집으로 들어가니 좌우로 12대代의 문도가 늘어서 있었다.

장이정광선이 땅에 엎드려 절을 올리고 봉서를 바치자, 노자가 다 보고 나서 그에게 말했다.

"잘 알았노라. 내일 만선진을 격파하러 갈 것이니라."

장이정광선이 만선진으로 돌아가 통천교주에게 복명했다. 다음날 두분 교주가 문도들을 이끌고 만선진 앞에 이르러 살펴보았다. 두분 교주의 입에서도 절로 탄성이 터져나왔다.

앞뒤로는 산악에서 수도한 도사와 진인이 도열해 있고, 좌우로는 강해江海에서 구름을 타고 노닐던 두타승과 산객散客이 늘어서 있었다.

정동쪽에는 구화건九華巾에 수합포水合袍를 입고 태아검太阿劍을 든 채 매화록海花鹿을 탄 자들이 있었는데, 모두 도덕이 높고 귀한 기인들이었다.

정서쪽에는 쌍상투에 담황포淡黃袍를 입고 고정검古定劍을 든 채 팔차록八叉鹿을 탄 자들이 있었는데, 모두 운무에 올라타고 소요하는 청허한 은사들이었다.

정남쪽에는 대홍포에 황반록黃斑鹿을 타고 곤오검昆吾劍을 든 자들이 있었는데, 모두 오둔五盾과 삼제三除에 능한 절교의 도공道公들이었다.

정북쪽에는 검은 도부에 연자고蓮子篐를 쓰고 빈철간賓鐵鐗을 든 채 미록麋鹿을 탄 자들이 있었는데, 모두 바다를 뒤엎고 산을 옮기는 용맹한 도객들이었다.

취람번翠藍旛에는 청운이 감돌고, 소백기素白旗에는 채기彩氣가 휘날렸다. 대홍기에는 화운火雲이 덮여 있고, 조개기

白蓋旗에는 흑기黑氣가 서려 있었다. 행황번杏黃旛 아래에는 수천 줄기의 기묘한 금빛 노을이 일렁이고, 그 안에는 천상에도 없고 세상에도 드문 천지개벽할 때의 진귀한 보물이 감춰져 있었다.

또한 오운선烏雲仙・금광선金光仙・규수선虯首仙은 신광神光이 당당하고, 영아선靈牙仙・곤로선昆蘆仙・금고선金箍仙은 기개가 드높았다. 칠향거七香車 수레에 올라앉은 금령성모는 문호門戶를 분별하고, 팔호거八虎車에 올라앉은 신공표는 만선을 총감독했다. 무당성모는 법보를 몸에 지니고, 귀령성모는 삼라만상을 포괄했다.

규우奎牛에 올라탄 사람은 천지가 아직 갈라지지 않았을 때 천지현황 밖에서 홍균도인鴻鈞道人에게 가르침을 받은 절교의 통천교주이다.

장이정광선은 오묘한 신서神書와 무궁한 도덕으로 절교를 흥하게 하고 천교를 멸하는 육혼번六魂旛을 움켜쥐고 있었다.

노자가 원시천존에게 말했다.

"통천교 아래에 이렇게 많은 문도가 있었다니! 내가 보기에 이들은 모두 자질도 가리지 않고 한꺼번에 지나치게 받아들인 것 같으니, 그 근본수행의 깊이를 논한다면 어찌 도를 깨달아 신선이 된 무리라 할 수 있겠는가?

이번에야말로 옥석이 저절로 가려지고 근본수행의 깊이가 서로 드러날 것이로다. 겁수를 만난 자는 여태껏 쌓은 공부를 헛되이 써서는 안되는데, 이러하니 탄식을 금할 수가 없도다!"

말이 끝나기도 전에 통천교주가 진 안에서 규우를 타고 나왔는데, 대홍백학강초의大紅白鶴絳綃衣를 입고 보검을 들고 있었다. 노자가 통천교주를 보니 도기道氣는 전연 없고 온 얼굴에 흉악한 기운만 가득했다.

통천교주가 두분 교주를 보더니 머리를 조아려 인사했다.

"두분 도형, 어서 오십시오!"

노자가 말했다

"현제는 무엄하기 짝이 없도다! 지난 과오를 뉘우칠 마음이 없으니 어찌 절교를 관장하는 교주가 될 수 있겠는가? 전날 주선진誅仙陣에서 이미 우열의 판가름이 났으니, 마땅히 종적을 감추고 스스로 수양하여 지난날의 과오를 참회해야만 비로소 교단을 관장하는 교주가 될 수 있을 터인데, 어찌하여 끝까지 악한 행실을 고치지 않는가? 게다가 신선들을 이끌고 와서 이러한 악진을 펼치는가? 그대는 옥석이 모두 불타고 무고한 생명들이 모두 죽은 뒤에야 비로소 손을 뗄 터인가? 도대체 무엇을 바라고 이러한 업장業障을 지으려 하는가?"

통천교주가 노하여 말했다.

"그대들은 천교를 잘못 다스렸음을 모르는가? 문도들이 힘만 믿고 멋대로 날뛰도록 방임했으니 무도하게 살육을 자행하고 있다. 그렇게 해놓고서는 이제 와서 도리어 교묘한 말로 사람들을 미혹하는가? 내가 어느 한 가지인들 그대들보다 못한 것이 있단 말인가, 그런데도 어찌하여 감히 나를 깔보는가? 오늘도 어디 한 번 서방의 준제도인을 불러다가 가지저加持杵로 나를 때려눕혀 보지 그러는가? 그가 나를 때리는 것은 바로 그대들을 때리는 것과 똑같다는 것을 모른단 말인가? 이 원한을 어찌 풀 수 있으리!"

원시천존이 웃으며 말했다.

"그대는 더 이상 말을 늘어놓을 필요가 없도다. 이미 이 진을 벌여놓았으니 그대가 배운 도술을 한두 가지만 펼치면 곧 내가 그대와 우열을 가려보겠노라."

"나와 그대가 맺은 원한은 풀기가 어려우니, 그대와 내가 모두 교단을 다스리지 못하게 될망정 그만두지 못하겠노라!"

통천교주가 말을 마치고 진으로 들어갔다. 잠시 뒤에 하나의 진세를 이루었는데, 진 안에 세 개의 영루營壘가 나란히 세워졌다.

통천교주가 진 앞으로 나와 물었다.

"그대 두 사람은 나의 이 진이 무엇인지 알겠는가?"

노자가 크게 웃으며 말했다.

"이것은 바로 내 손 안에서 나온 것인데 어찌 모를 리가 있겠는가? 이것은 바로 태극양의사상진太極兩儀四象陣이로다. 어려울 게 뭐 있겠나?"

"능히 격파할 수 있겠는가?"

원시천존이 말했다.

"그대는 잠시 내가 하는 말을 들어보라."

우주의 혼돈이 처음 자리 잡을 때 도道만이 존귀했으니,
건곤을 단련하여 청탁을 구분했네.
태극에서 양의가 나오고 양의에서 사상이 생겨났는데,
지금은 도리어 이 손바닥 안에 있다네.

노자가 물었다.

"누가 나가서 저 태극진을 격파해 보겠는가?"

적정자가 소리쳤다.

"제가 나가 싸워보겠나이다!"

적정자가 몸을 솟구쳐 뛰어나가니 태극진 안에 한 도인이 보였다. 검은 얼굴에 긴 수염을 하고 검은 도복을

입은 위에 명주 허리끈을 질끈 동여매고 있었다.

그 도인이 진 앞으로 뛰쳐나와 소리쳤다.

"적정자! 네가 감히 우리 진을 격파하겠다는 것인가?"

"오운선! 너는 힘만 믿고 날뛰지 말라. 이곳이 바로 네가 죽을 곳이니라!"

오운선이 대노하여 검을 쳐들고 덤벼들자 적정자가 급히 가로막았다. 서너 합 정도 맞싸운 뒤에 오운선이 허리춤에서 혼원추混元鎚를 빼들고 기합소리와 함께 적정자를 내리쳤다. 이때 광성자가 튀어나오면서 소리쳤다.

"우리 도형을 해치지 말라! 내가 왔다!"

검을 빼들어 오운선을 저지했다. 두 사람이 몇 합 맞닥트린 뒤 오운선이 다시 혼원추로 광성자를 내리쳐 땅에 쓰러뜨렸다. 광성자는 겨우 기어나와 서북쪽으로 도망쳤다. 통천교주가 추격하여 기어코 잡아오라고 명하자, 오운선은 법지法旨를 받들고 뒤쫓았다.

광성자는 앞서 도망가고 오운선은 뒤를 추격했다. 추격에 쫓긴 광성자가 어찌할 바를 모르고서 막 산모퉁이를 돌 때 준제도인이 오는 것이 보였다.

준제도인은 광성자를 지나치게 한 뒤에 오운선을 가로막고서 온 얼굴에 미소를 띤 채 말했다.

"도우! 어서 오시게!"

오운선은 준제도인을 알아보고 소리쳤다.

"준제도인! 당신은 전날에 주선진에서 우리 사부님을 해치더니 오늘 또 내가 가는 길을 막아서니 정말 괘씸하기 짝이 없소!"

보검을 치켜들고 준제도인의 정수리를 향해 내리치니 도인이 이것을 보고 입을 크게 벌리자 한 송이 푸른 연꽃이 나와 검을 막았다.

준제도인이 말했다.

"도우, 나와 그대는 인연이 있는지라 그대를 교화시켜 우리 서방으로 귀의케 하려고 특별히 왔네. 함께 극락세계를 누리는 것이 어찌 좋지 않겠는가?"

오운선이 냅다 소리질렀다.

"이런 망할 놈의 영감탱이! 감히 나를 능멸함이 이토록 심하다니!"

다시 검으로 공격하자, 준제도인이 가운뎃손가락으로 한번 가리키니 한 송이 흰 연꽃이 나와 검을 막았다.

준제도인이 또 말했다.

"도우, 내 말을 좀 들어보게."

손바닥의 흰 연꽃으로 능히 검을 막으니,
극락이 서방에 있음을 알아야만 하리.

12연화대에서는 상서로운 광채가 생겨나고,
바라화波羅花가 만발하니 온 정원에 향기 가득하네.

"허튼소리는 그만 집어치우시지!"

오운선이 또 검으로 공격하자 준제도인이 손을 내뻗었더니 한 송이 황금연꽃이 나와 검을 막았다.

준제도인이 말했다.

"오운선 도우! 나는 대자대비한 사람이므로 차마 그대의 본모습을 드러내게 할 수가 없네. 만약 그대의 본모습이 드러난다면 그대가 여태껏 수련한 공부가 물거품이 되고 말 것이니 어찌 치욕스럽지 않겠는가? 나는 다만 그대와 함께 서방교법을 흥성시키고자 이렇게 그대에게 간곡히 권할 뿐이니, 부디 생각을 돌리길 바라네."

오운선이 대노하여 다시 검으로 내려치자 준제도인이 들고 있던 총채로 휙 한번 쓸었다. 그러자 오운선의 검은 자루만 남고 사라져 버렸다. 오운선이 길길이 날뛰며 혼원추를 휘두르자 준제도인은 곧 한 발짝 벗어나 비켜섰다. 오운선이 곧 그 뒤를 추격하자 준제도인이 외쳤다.

"도제는 어디 있느냐?"

그랬더니 한 도동이 수합의水合衣를 입고 대막대기를 들고서 갑자기 나타났다.

三大師收獅象犼

세 대사가
사자·코끼리·들개를 거두다

준제도인이 수화동자에게 명했다.

"육근청정죽六根淸靜竹으로 저 금오金鰲를 낚아라."

금오는 곧 황금자라다. 수화동자가 공중에서 대나무를 드리우자 그 대나무에서 기이한 광채가 끝없이 퍼져 오운선을 에워쌌다. 마침내 오운선은 본모습을 드러내야만 하는 액을 피하지 못하게 되었다.

준제도인이 외쳤다.

"오운선, 그대는 어서 본모습을 드러내지 않고 무얼 하느냐!"

오운선은 머리를 한 번 흔들더니 한 마리의 금수오金 鬚鰲로 변하여 꼬리가 잘린 채 머리를 흔들면서 낚싯대에 걸리고 말았다. 수화동자가 앞으로 다가가 오운선의 머리를 휘어잡고 그 등 위에 올라탄 채 극락의 복을 향유하도록 팔덕지八德池로 곧장 달렸다.

준제도인은 황금자라를 잡아들이고 나서 곧장 만선진 앞으로 갔다. 통천교주는 준제도인을 보더니 얼굴에 독이 올라 두 눈이 시뻘게지면서 소리쳤다.

"준제! 네놈이 오늘 또다시 나의 진에 왔으니 결코 그냥 두지 않겠노라!"

준제도인이 말했다.

"오운선은 나와 인연이 있어서 내가 이미 육근청정죽으로 그를 낚아 아무런 근심걱정 없이 자유롭게 소요하도록 서방의 팔덕지로 보냈도다. 그런데도 너는 포악하게 이 홍진에서 소란을 피우고 있느냐?"

통천교주가 듣고 나서 대노하면서 막 준제도인에게 덤벼들려 할 때, 태극진 안에서 규수선虯首仙이 검을 빼들고 나오면서 소리쳤다.

"누가 감히 우리 진에 들어와 자웅을 겨루려 하느냐?"

준제도인이 말했다.

"문수광법천존, 잠시 당신이 가서 저 인연있는 사람을

만나보도록 하시오."

준제도인이 광법천존의 정수리를 한번 가리키자 머리 한가운데가 열리면서 삼광三光이 뻗쳐나와 서기가 휘감았다. 원시천존이 또한 반고번盤古旛이라고 하는 깃발 하나를 광법천존에게 건네주면서 말했다.

"저 태극진을 격파하라."

광법천존은 게송을 부르면서 반고번을 들고 나가 규수선과 맞섰다.

규수선이 소리쳤다.

"오늘의 공으로 각자 교단의 본색이 드러날 것이니 여러 말 할 필요 없다!"

손에 든 검으로 냅다 내리치며 달려들자 광법천존도 손에 든 검으로 가로막았다. 몇 합 맞붙지 않아서 규수선이 곧장 진 안으로 들어가자 광법천존도 성큼 뒤쫓아 들어갔다. 규수선이 진으로 들어가자마자 곧바로 부적에 주문을 걸었더니, 진 안이 철벽처럼 되었으며 칼날이 산처럼 솟아나왔다.

광법천존은 반고번을 펼쳐 태극진을 억누르며 법신을 드러냈다. 향기로운 바람이 아스라이 불어오고 영롱한 구슬이 몸을 감쌌으며 연꽃이 발을 떠받치고 있었다.

규수선이 아무런 도술도 쓸 수가 없어서 막 도망치

려 할 때, 광법천존이 급히 곤요승綑妖繩 포승줄을 던지면서 황건역사에게 명했다.

"저 자를 갈대집으로 끌고 가서 명을 기다리도록 하라."

광법천존은 법신을 거두고 나서 천천히 진을 나와 갈대집으로 가서 원시천존을 뵙고 말했다.

"제자가 이미 태극진을 격파했습니다."

원시천존이 남극선옹에게 명했다.

"갈대집 아래로 가서 규수선의 본래 모습을 드러내게 하라."

남극선옹이 갈대집 아래로 가서 꽁꽁 묶인 규수선을 향하여 중얼중얼 주문을 외면서 소리쳤다.

"속히 본래 모습을 드러내지 않고 무얼 꾸물대느냐!"

그러자 규수선은 머리를 두어 번 흔들면서 땅바닥에 나뒹굴더니 마침내 한 마리 푸른 털이 달린 사자로 변했다. 꼬리가 잘린 채 머리를 흔드는 모습이 매우 용맹스러웠다.

남극선옹이 돌아와 원시천존에게 복명하자 원시천존이 분부했다.

"광법천존에게 그 사자를 타고 다니게 하고 또한 그 목에 '규수선'이라고 쓴 명패를 달도록 하라."

다음날 노자는 원시천존과 함께 직접 진 앞에 이르

러 물었다.

"통천교주는 어디 있느냐?"

좌우에서 보고하자 통천교주가 곧장 진 앞으로 뛰어나왔다. 노자는 광법천존에게 푸른 사자를 타고 앞으로 나오라 명하여 통천교주에게 보이면서 말했다.

"그대의 문도가 결국 요모양이 되었는데도 그대는 아직도 스스로 도덕이 높고 귀하다고 자부하니 정말 가소롭도다!"

치욕으로 얼굴이 온통 새빨개진 통천교주가 몸을 부들부들 떨면서 소리쳤다.

"그렇다면 그대는 다시 나의 양의진兩儀陣을 격파할 수 있는가?"

노자가 미처 대답도 하기 전에 양의진 안에서 영아선靈牙仙이 소리치며 나왔다.

"누가 감히 나의 양의진을 격파하겠다는 것인가?"

원시천존이 보현진인에게 명했다.

"그대가 가서 이 진을 격파해 볼거나."

원시천존이 태극부적을 보현진인에게 주자 보현진인은 이를 받아들고 진 앞에 이르러 말했다.

"영아선, 그대는 고행 끝에 이러한 모습을 갖추었는데 어찌하여 본분을 지키지 않고 이런 잘못된 일을 일으키는가? 잠시 뒤에 원래 모습이 드러나면 그땐 후회해도 늦으리라."

영아선이 대노하여 두 검을 치켜들고 곧장 달려들자, 보현진인은 검으로 막았다. 몇 합 맞붙고 나서 영아선이 곧장 양의진 안으로 들어가자, 보현진인도 뒤따라 진으로 들어갔다. 영아선이 양의의 묘법으로 절교의 현공玄功을 드러내어 뇌성을 울리면서 보현진인을 몰아붙였다.

그때 보현진인의 이환궁泥丸宮 즉 머리 한가운데 중심 부분에서 화신化身이 나타났는데 매우 흉측했다. 얼굴은 대추처럼 붉고 커다란 입에는 날카로운 이빨이 밖으로 드러나 있었다. 영롱한 구슬이 온몸에 걸려 있고, 연꽃이 떠받친 발에서는 상서로운 구름이 피어올랐다. 머리는 셋이고 팔은 여섯으로 그 각각에 예리한 무기를 들었으며, 손에는 항마저 한 자루를 꼬나쥐었다.

법신을 드러낸 보현진인은 가볍게 영아선을 억눌러 놓은 뒤에 장홍삭長虹索 동아줄을 던지면서 황건역사에게 명했다.

"영아선을 끌고 갈대집으로 가서 분부를 기다려라."

보현진인이 갈대집에 이르자 노자가 남극선옹에게 명했다.

"속히 영아선의 본래 모습을 드러내게 하라."

남극선옹이 명을 받고 가서 삼보옥여의三寶玉如意로 영아선을 몇 차례 때렸더니, 영아선이 곧장 땅바닥을 뒹군 뒤에 본모습을 드러냈다. 다름 아닌 한 마리의 흰 코끼리였다.

노자가 분부했다.

"이 흰 코끼리의 목에 '영아선'이라고 쓴 명패를 달고 보현진인에게 타고 다니게 하라."

노자는 이들을 데리고 다시 진 앞으로 갔다. 통천교주는 푸른 사자가 왼쪽에 있고 흰 코끼리가 오른쪽에 있는 것을 보자 불같이 화가 치밀어 막 앞으로 달려나가 싸우려 했다. 그때 사상진四象陣 안에서 금광선이 소리쳤다.

"천교의 문도들은 더 이상 횡포를 부리지 말라! 내가 간다!"

원시천존은 금광선이 사상진을 나오는 것을 보았는데 용감무쌍했으므로 급히 자항도인에게 분부했다.

"그대는 정신을 가다듬고 사상진으로 들어가거나. 내가 일러주는 대로 하면 곧 무궁한 변화가 일어날 것이니, 이 진을 격파하지 못할 것을 어찌 걱정하겠는가? 이것은 바로 그대가 타고 다닐 인연이 있는 짐승이니라."

그런 다음 원시천존은 자항도인에게 나지막이 계책을 일러주었다. 자항도인이 명을 받고 나서자, 금광선이 뛰어나와 고함쳤다.

"자항도인, 너는 힘들여 날뛰지 말라! 곧 그 자리에서 죽게 될 것이나 걱정해라! 내 기어코 너를 잡고야 말 것이니라!"

이렇게 소리치면서 손에 든 검을 휘두르며 달려들자, 자항도인도 급히 가로막았다. 3합 정도를 맞붙고 난 뒤에 금광선이 곧장 사상진으로 들어가자 자항도인도 뒤따라 진으로 들어갔다. 금광선은 사상진 안에서 부적을 펼쳐 안에 있는 무궁한 법보로 자항도인을 공격하려 했다.

자항도인은 사상진 안의 변화가 무궁한 것을 보고, 황급히 머리 위를 한 번 두드리니 한 줄기 상서로운 구름이 피어올라 정수리 위를 뒤덮었다. 한바탕 뇌성이 울리면서 하나의 화신이 나타났다. 분을 바른 듯한 흰 얼굴에 머리가 셋이고 팔이 여섯이었다. 두 눈의 이글거리는 화염 속에서 금룡金龍이 나타났고, 두 귀의 송이송이 금련金蓮에서 상서로운 광채가 생겨났다.

금광선은 천교문도의 이러한 화신을 보고 스스로 감탄했다.

'진정 훌륭한 옥허의 문하로다. 과연 기개와 도량이 비범하구나!'

이렇게 생각하면서 막 도망가려던 차에 이미 자항도

인이 삼보옥여의를 던지면서 황건역사에게 명했다.

"이놈을 끌고 갈대집 아래로 가서 분부를 기다리라."

잠시 뒤에 황건역사가 공중으로 금광선을 끌고 가서 갈대집에 이르렀다. 남극선옹이 갈대집 아래에서 기다리고 있었는데 홀연히 공중에서 금광선이 툭 떨어졌다. 남극선옹은 금광선이 절룩거리면서 갈대집으로 오는 것을 보고, 노자의 명에 따라 금광선의 목덜미를 몇 번 내리치면서 말했다.

"이 업장아! 속히 본래 모습을 드러내지 않고 무얼 꾸물대느냐!"

금광선은 이미 벗어날 수 없는 상황임을 알고 땅바닥에 한번 뒹굴어 원래 모습을 드러냈는데, 다름 아닌 한 마리 금모후金毛犼 즉 금빛털 들개였다. 남극선옹이 갈대집으로 가서 법지에 복명하자 원시천존이 분부했다.

"역시 목에 '금광선'이라고 쓴 명패를 달고 자항도인에게 타고 다니게 하라."

남극신옹은 하나하나 분부내로 시행했다. 자항도인은 들개를 타고 다시 진 앞으로 나갔으니, 이것이 바로 세 대사가 사獅·상象·후犼를 잡아들였다는 것이다. 나중에 석문釋門이 흥성하여 불교를 이루었는데, 문수보살·보현보살·관음보살이 바로 이 세 대사인 것이다.

통천교주가 이러한 광경을 보고 마음속에 화가 끓어올라 막 검을 치켜세우고 나가 자웅을 겨루려 할 때, 문득 뒤에서 한 문도가 나서며 소리쳤다.

"사부님, 분노를 참으소서! 제가 나갑니다."

통천교주가 보니 다름 아닌 귀령성모였다. 그녀는 대홍팔괘의大紅八卦衣를 걸치고 보검을 손에 들고 나왔다. 귀령성모가 광성자를 잡아 지난날의 원수를 갚으려 하자, 이쪽에서는 구류손이 앞을 막아서며 말했다.

"이 업장아, 천천히 오라!"

노자·원시천존·준제도인 세 분 교주는 혜안을 갖고 있었으므로 귀령성모의 본모습을 보지 않고도 꿰뚫고 있었다. 원시천존이 웃으며 말했다.

"두분 도형, 저런 것이 어찌 정과正果를 이루겠다는 것인지 진실로 가소롭기 짝이 없소이다!"

이어 원시천존은 그의 출신이 어떠한지 시로 증명해 보였다.

근원의 출처는 바로 진흙탕이며,
물 밑에서 빛을 모아 홀로 위엄을 드러냈네.
세상에 숨어서 천지의 본성을 능히 알 수 있고,
영민한 머리로 귀신의 기밀을 두루 깨달았네.
몸을 한번 움츠리면 머리와 꼬리가 감춰지고,

발을 펼쳐 움직이면 스스로 날 수도 있네.
창힐蒼頡이 문자를 만들 때 형체를 이루었으며,
점을 쳐서 앞날을 예측할 때 복희伏羲와 함께 했네.
마름잎 사이를 헤치면서 이리저리 떠다니고,
파도 따라 물장구치면서 물결을 들이마시네.
한올 한올 금실 엮어 갑옷을 만들고,
한점 한점 가지런히 대모玳瑁로 치장했네.
구궁팔괘九宮八卦가 그 등에서 생성되어 정해졌고,
푸른 물결을 흩어 녹우의綠羽衣를 펼치네.
살아서는 용감하게 용왕의 행차를 따르고,
죽어서도 삼교三敎의 비석을 등에 진다네.
모름지기 이것의 성명을 알아야 하니,
염제炎帝로부터 득도한 검은 암거북이라네.

그렇지만 이미 귀령성모의 귀에는 이런 소리가 들릴 리 없었다. 그는 검을 들고 나와 구류손과 대판 싸웠는데, 15합쯤 맞붙고 나서 급히 일월주日月珠를 던졌다. 구류손은 이 보물을 몰랐으므로 감히 막아내지 못하고 몸을 돌려 서쪽으로 패주했다. 통천교주가 소리쳤다.

"속히 구류손을 잡아오라!"

귀령성모가 명을 받고 곧장 추격에 나섰다. 구류손은 서방과 인연이 있는 사람으로 나중에 불교에 들어가 불법을 크게 펼쳐 서한西漢에서 흥성케 했다. 구류손이 한참 서쪽을 향하여 도망치고 있을 때 갑자기 한 사람과 마주쳤다.

그는 머리를 두 갈래로 틀어 올리고 수합도포水合道袍를 입고 천천히 오고 있었다. 그 사람은 구류손을 지나치게 한 뒤에 귀령성모를 막아서며 소리쳤다.

"우리 도우를 추격하지 말라! 너는 이미 수도하여 사람의 형체를 이루었으니, 마땅히 본분을 지켜 신중히 행동해야 한다. 어찌하여 멋대로 어지럽게 날뛰면서 이러한 업장을 짓고 있느냐? 너는 어서 빨리 돌아가거라. 나는 서방교주로서 사문을 크게 펼치고자 오늘 특별히 인연 있는 자를 만나러 왔노라. 결코 사단을 벌이는 것이 아니니라. 바로 이러하니라."

만약 인연이 있다면 마땅히 일찍 만나,
함께 서방의 극락천에 올라야지.

이 말을 듣고 귀령성모가 소리쳤다.
"그대는 서방의 객이니 그대의 소굴이나 지킬 일이지, 어찌하여 감히 이곳에서 요사스럽고 어지러운 말로 나의 깨끗한 귀를 미혹시키느냐!"

귀령성모는 맞붙어 싸워보지도 않고 곧장 일월주를 던졌다. 이것을 보고 접인도인이 손가락 끝에서 백호광白毫光 한 줄기를 쏘았다. 그 광선 위에서 한 송이 푸른색 연꽃이 생겨나 일월주를 가로막았다.

서방교주가 말했다.

"푸른색 연꽃이 이 물건을 막는 것을 중생들이 어찌 이해할 수 있으리."

귀령성모는 본디 근본술수가 깊지 못한 자였으므로 진퇴를 모르고서 그저 일월주만 던질 뿐이었다.

접인도인이 생각했다.

'이미 이 지경에 이르렀으니 이 홍진의 일을 면할 수가 없게 되었다. 이는 내가 자비롭지 못해서가 아니라 운명이 그러하기 때문이니 나도 어쩔 수가 없다. 잠시 이 보물을 사용하여 저자가 어찌하는지 보자.'

서방교주가 염주를 던지면서 주문을 걸자, 귀령성모는 내려오는 염주를 미처 피하지 못하고 등짝에 정통으로 맞아 땅바닥에 엎어졌다. 엎어진 귀령성모가 본래 모습을 드러냈는데 다름 아닌 한 마리 커다란 거북으로 머리와 발을 모두 내민 채 축 늘어져 있었다.

구류손이 막 검으로 베려 할 때 서방교주가 급히 말리며 말했다.

"도우는 그를 죽이지 말게. 그런 생각을 갖고 있으면 돌고 도는 겁수劫數를 마무리하기 어려우니 서로의 보복이 끊이지 않을 것이네."

이어서 서방교주가 소리쳤다.

"동자는 어디 있느냐?"

서방교주가 말을 마치자 한 동자가 앞에 대령했다.

"나는 이 도우와 함께 인연있는 사람을 만나러 갈 것이니 너는 이 짐승을 거두어 가도록 하라."

동자가 명에 따라 행하자, 접인도인은 구류손과 함께 갈대집으로 갔다. 서방교주가 구류손과 함께 만선진 앞에 이르러 둘러보니, 자줏빛 안개와 붉은 구름과 누런 광채가 휘감고 있었다. 준제도인이 사형이 오신 것을 보고 맞이하러 나가자, 노자와 원시천존도 황급히 영접하며 머리 조아려 인사했다.

"도우, 어서 오시오!"

건너편에 있던 통천교주가 이것을 보고 소리쳤다.

"접인도인, 그대는 지난번에도 괘씸하게 나의 주선진을 격파하더니 오늘 또 이곳에 나타났구나! 어디 다시 한 번 우열을 가려보자!"

말을 마치고 규우를 몰아 검을 휘두르면서 달려들었다. 그러나 서방교주는 꼼짝하지 않았다. 다만 그의 이

환궁에서 사리 세 알이 솟아올라 상하로 왕래하면서 엎치락뒤치락하더니 온 땅이 모두 금빛 광채로 뒤덮였다.

통천교주는 보검으로 막기는 했으나 감히 접근할 수가 없었다. 그는 대노하여 다시 어고漁鼓로 공격했다. 어고는 죽통의 한쪽에 얇은 가죽을 씌우고 손으로 치는 타악기의 일종이다.

그러자 준제도인이 손가락 끝에서 한 송이 금빛 연꽃을 만들어내어 가로막는 바람에 역시 접근할 수가 없었다. 옆에 있던 노자와 원시천존이 만류했다.

"두분 도형께서는 그만 돌아가시고 오늘은 그와 겨루지 마십시오."

적정자가 그 말을 듣고 급히 금종을 울렸으며 광성자도 옥경을 두드렸다. 그리하여 네 분 교주는 모두 돌아갔다. 통천교주는 더 이상 가로막을 수가 없었으므로 부아가 치밀어 올라 말했다.

"오늘은 잠시 돌아가도록 하겠으나 내일은 기어코 당신들과 우열을 가리겠노라!"

그러나 천교의 문도들 중에서 그의 말을 두려워하는 자는 이미 아무도 없었다.

이윽고 네 분 교주가 갈대집으로 돌아와 자리에 앉자 원시천존이 말했다.

"두분 도형께서는 함께 주왕실을 도우려고 이곳에 오셨으니, 만약 내일 진을 격파하고 나면 반드시 저 절교를 모조리 제거하여 저들의 허망한 작태를 뿌리뽑아야 할 것입니다. 훗날 진정한 도를 찾아 수양하는 사람들을 방해할 것이니 모름지기 저들의 무리를 근절해야 합니다."

접인도인이 말했다.

"빈도가 여기에 온 것은 다만 인연있는 사람을 구제하고자 함이오. 내가 보건대 만선진 안에 사악한 자는 많고 올바른 자는 적으나 그렇더라도 어찌하겠소? 다만 인연에 따라 저절로 이루어질 뿐이니 감히 억지로 할 수가 없소이다."

노자가 말했다.

"우리들 문도는 이제 기일이 다 되었으므로 내일 속히 저 진을 격파해야 하오. 하루라도 빨리 저들을 근본으로 돌아가게 해서 근본수행을 온전히 할 수 있도록 해야 우리들이 해탈하는 데 해가 없을 것이오."

원시천존이 강상에게 들어오라고 명하여 물었다.

"전날 주선진을 격파할 때 얻은 네 자루의 보검은 어디에 있는가?"

"그 검은 모두 제자가 보관하고 있나이다."

원시천존이 가져오라 하자 자아가 보검을 꺼내 원시

천존에게 바쳤다. 바로 주선誅仙·육선戮仙·함선陷仙·절선絶仙의 네 검이었다. 이에 원시천존이 광성자·적정자·옥정진인·도행천존 네 명을 들어오라 명하여 분부했다.

"너희 네 명은 내일 우리들이 진을 공격할 때를 기다렸다가, 진 안의 팔괘대 앞에 보탑 하나가 솟아오르면, 먼저 일제히 삼엄한 포위망을 뚫고 돌진하여 가되 이 검들을 사용하라. 이것은 원래 그들의 보검이었으나 이젠 도리어 그들을 해치게 될 것이다. 그러나 이는 우리가 본의 아니게 악업을 짓는 것이니라."

이어서 다시 자아에게 말했다.

"내일 진을 공격할 때는 우리 문하의 모든 사람이 진으로 나아가 이 겁수를 마무리짓도록 하라."

자아가 법지를 받들고 갈대집 아래로 내려가 여러 문도들에게 분부했다.

"내일 날이 밝으면 함께 만선진을 격파할 것이니 너희들은 모두 진으로 들어가서 각자 자웅을 겨뤄 겁수를 마무리하도록 하라."

여러 문도들은 이 말을 듣고 기쁨을 감추지 못했다.

한편 동관의 여러 장수들은 만선진을 격파할 것이라는 소식을 듣고 모두들 관 안에서 안달하면서 나가 싸우지 못함을 한탄했다. 그 가운데 홍금이 용길공주에게 말했다.

"나 역시 예전에는 절교의 무리였고 당신 또한 요지瑤池의 선녀이니, 함께 가서 만선진을 쳐부수는 것이 마땅하오. 어찌하여 여기에 머물면서 가지 않을 수 있겠소?"

용길공주가 말했다.

"우리는 내일 아침 일찍 떠나도 무방할 것입니다."

부부가 서로 상의를 끝낸 뒤에 다음날 대왕을 뵙고 아뢰었다.

"소신은 대왕께 아룁나이다. 저희 부부는 만선진을 쳐부수러 가서 접수를 마무리하고 특별히 강 원수의 지휘를 받고자 합니다."

"좋지요. 경은 가서 상보를 보좌하여 적을 격파하도록 하시오."

대왕이 주연을 베풀어 전송했다. 홍금 부부는 마침내 작별인사를 올리고 길을 떠났다. 그러나 이 또한 이렇게 될 운명이었으니 아무도 그들 부부의 앞길을 막을 수 없었다. 이들을 위한 짧은 시가 있다.

만선진 안에서 부부가 절명하니,
천명의 안배는 한 치도 착오가 없네.

다음날 원시천존은 갈대집을 내려가 여러 문도들에게 분부하고 금종과 옥경을 울리게 했다. 삼교의 성인은 여러 문도들을 이끌고 함께 만선진을 격파하러 나섰다.

한편 통천교주가 장이정광선에게 분부했다.
"내가 너희 사백과 서방의 두 도인과 접전할 때 너에게 육혼번六魂旛 깃발을 흔들라고 하면 착오없이 제때에 흔들어야 하느니라."
"잘 알았나이다."
통천교주는 이로써 싸울 준비를 마쳤다. 그러나 그는 미처 한 가지를 알지 못했다. 그것은 바로 정광선의 속마음이었다. 명을 받기는 했으나 정광선은 돌아서서 스스로 생각했다.
'내가 지난번에 사백을 뵈러갔을 때 좌우의 문도를 만났는데, 12대代 제자들은 한결같이 도덕지사였다. 어제는 또한 서방교주를 보았는데, 그 정수리 위에서 광채를 발하던 세 알의 사리는 정말 도법이 무궁했었다.'
정광선은 짐짓 주저하는 마음이 들었다.
통천교주는 진 앞에 이르러 노자와 원시천존 등 네 사람이 일제히 오는 것을 보고 소리쳤다.
"오늘은 결단코 순순히 물러서지 않고 우열을 가려보

리라!"

통천교주의 말이 채 끝나기도 전에 어디서 나타났는지 홍금이 말을 몰아 진 앞으로 나섰다. 이어서 용길공주도 칼날을 치켜세우고 돌진했다. 깜짝 놀란 자아가 막으려 했으나 이미 저지할 만한 상황이 아니었다.

만선진 안에서는 홍금과 용길공주의 이러한 갑작스런 돌격을 미처 방비하지 못하고 있었다. 그러는 통에 공주가 휘두른 요지의 백광검白光劍에 몇 명의 선인이 금방 목숨을 잃었다.

부부가 돌진해 들어가니 등등한 살기가 어지럽게 허공을 메웠다. 음산한 바람도 시커멓게 몰아닥쳐 태양을 가렸다.

이때 금령성모는 칠향거七香車 위에서 포진하고 있었는데 갑자기 보고가 들어왔다.

"용길공주가 진을 돌진해 들어오고 있습니다."

금령성모가 급히 수레에서 내려 살피니 공주가 어느새 바로 앞에 와 있었다. 금령성모는 날쌘 걸음으로 비금검飛金劍을 빼들어 막았다. 몇 합 맞붙고 나서 금령성모가 사상탑四象塔에 주문을 걸어 공격했다. 공주는 그것이 무슨 보물인지를 몰라 미처 피하지 못하고 탑에 정수리를 정통으로 맞아 말에서 떨어지고 말았다. 안타깝게도 공주는 여러 선인들에게 참혹한 죽임을 당했다.

홍금은 용길공주가 이미 절명한 것을 보고 고래고래 소리쳤다.

"감히 내 아내를 해치다니! 이놈들, 가만두지 않겠다!"

홍금이 칼로 금령성모를 공격하자, 금령성모가 다시 용호여의龍虎如意를 던져 홍금의 정수리를 명중시켰다. 홍금도 그 자리에서 즉사하고 말았다. 시뻘건 피가 하늘로 솟구쳤다.

이로써 홍금은 천명을 받들어 주나라에 귀순한 이래로 여러 번 훌륭한 공을 세웠으며, 오늘 아내인 용길공주와 함께 전사함으로써 주나라 대왕께 보답한 것이었다. 두 푸른 혼령이 모두 봉신대로 들었다.

원시천존은 통천교주에게 막 대답하려다가 홍금 부부가 죽는 것을 보고 한탄하며 서방교주에게 말했다.

"방금 막 절명한 자는 바로 요지 금모金母의 딸인데, 천수가 이러하니 사람의 힘으로는 어찌할 수 없는 바입니다."

강상이 이를 듣고 이내 두 줄기 굵은 눈물을 흘렸다. 그의 옷깃이 피눈물로 젖어들었다. 자아가 목놓아 울면서 말했다.

"이 아무리 하늘의 뜻이라 하지만 어찌 통탄스럽지

않으리오!"

좌우의 문도들도 소리죽여 흐느끼지 않는 자가 없었다. 바로 그때 만선진의 문 안에서 취람기翠藍旗 하나가 펄럭이면서 한 도인이 나왔는데, 바로 28수宿의 별자리에 따라 만선진에 응하여 나오는 것이었다.

원시천존이 바라보니 취람기가 펄럭이면서 네 명의 도인이 나왔는데 모두 푸른 옷을 입고 있었다. 원시천존이 또 보니, 종소리가 울리고 대홍기 하나가 펄럭이면서 다시 네 명의 도인이 나왔는데, 모두 대홍강초의大紅絳綃衣를 입었으며 몹시 흉악했다.

노자가 바라보니, 만선진 안에서 흰 깃발이 펄럭이면서 또 네 명의 도인이 나왔는데, 모두 커다란 흰 옷을 입고 몹시 흉악했으며 각자 요사스런 기운을 띠고 있었다.

이것을 보고 노자가 원시천존에게 말했다.

"저 업장들은 모두 헛되이 목숨만 잃을 뿐이니, 그대가 본 자들도 모두 이러한 부류이오."

네 분 교주가 또 바라보니, 통천교주가 손에 든 검으로 동·서·남·북을 가리키자 앞뒤에서 종소리가 들리고 진문이 열리면서 또 네 명의 도인이 나왔다.

원시천존이 말했다.

"이들은 모두 절교의 문도들로서, 근본수행이 깊은 자

는 한 명도 없으며 또한 수도하여 깨달은 복도 없는데, 이러한 겁수를 만나게 되었으니 심히 가련하도다!"

또 바라보니 검은 깃발이 펄럭이면서 네 명의 도인이 나왔다.

원시천존이 노자와 서방교주에게 말했다.

"보다시피 저들은 신선이라는 이름만 있을 뿐 신선의 풍골은 없으니, 어찌 수행하여 도를 깨우칠 인물이 될 수 있겠소이까"

네 분 교주가 한참 담론하고 있을 때 기문이 열리면서 또 네 명의 도인이 나왔다. 이어 통천교주가 만선진 안에서 일곱 번째 무리를 내보냈는데, 소백번素白旛 하나가 펼쳐지면서 네 명의 도인이 나타났다. 그들은 흉악한 모습으로 보무도 당당하게 방릉간方楞鐗을 들고 있었다.

통천교주는 구요이십팔수九曜二十八宿를 선발하여 방위에 따라 배정했다. 28명의 도인들이 질서정연하게 좌우로 선회하면서 줄줄이 나왔다. 다만 붉은 노을빛이 휘날리고 푸른 빈갯불 빛이 난무했다. 층층이 겹겹이 흉악한 무리들은 진정 살기등등했고 전운이 참담하게 깔렸다.

子牙兵取臨潼關

자아의 병사가 임동관을 취하다

통천교주가 여러 신선을 이끌고 진 앞에 이르자 노자가 말했다.

"오늘 그대와 자웅을 가리게 되었으니 만선은 재앙을 만난 것이로다. 그대의 끊임없이 반복되는 죄업도 마땅히 응징받게 될 것이로다."

통천교주가 노하여 말했다.

"그대들 네 사람은 내가 오늘 무엇을 어찌하는지 보게 될 것이다!"

이에 규우를 급히 몰아 검을 들어 내리쳤다.

노자가 웃으며 말했다.

"도우가 오늘 한다는 짓이 겨우 이런 것이냐? 도우는 이제 재난을 면하기 어려울 것이다!"

청우靑牛를 급히 몰아 지팡이를 쳐들고 재빠르게 막았다. 원시천존은 다시 한번 좌우의 문도들에게 일렀다.

"너희들은 오늘 경계하면서 다같이 적진에 들어가 절교의 신선들과 싸우되 실수가 없게 하라."

여러 문도들은 이 말을 듣더니 일제히 함성을 지르며 모두 만선진 안으로 쳐들어갔다.

광법천존은 사자를 탔고 보현진인은 흰 코끼리, 자항도인은 들개를 탔다. 이들이 탄 사자·코끼리·들개는 각기 규수선·영아선·금광선의 본모습에 지나지 않았다. 이 세 명의 대사들이 각기 화신을 드러내고 돌진했다.

한편 영보대법사靈寶大法師는 검을 치켜들고, 태을진인은 보좌寶鉌를 들고 진으로 돌진했다. 구류손·황룡진인·운중자·연등도인도 모두 만선진으로 갔다. 또 뒤쪽에서는 자아가 나타 등 여러 문도와 함께 크게 소리 질렀다.

"오늘 우리들은 만선진을 무찔러 그 진위를 가리겠다!"

말을 마치자 육압도인이 하늘에서 날아와 만선진 안으로 돌진하여 싸움을 도왔다. 이 한바탕의 큰 싸움을 보니 바로 모든 겁난이 여기에 다 모였고 신선들의 살운殺

運이 다하는 것 같았다.

노자는 청우에 앉아 순식간에 뛰어오르며 왕래하고, 이에 맞서 통천교주는 규우를 몰아 용맹하게 공격했다.

세 명의 대사는 각기 사자·코끼리·들개를 재촉하고, 금령성모는 보검을 휘두르며 달려들었다.

영보대법사의 얼굴은 불길 같고, 이에 맞서는 무당성모의 노기는 하늘을 찔렀다.

태을진인은 마음속의 삼매三昧를 움직이고, 비로선 역시 신통함을 드러냈다.

도덕진군은 살계를 마무리하러 왔으며, 운중자의 보검은 무지개와 같았다.

구류손은 곤선승을 후려치고, 금고선은 비검으로 반격했다.

이렇듯 여러 선인들이 어울려 싸우니, 사방에서 뭉실뭉실 연무가 피어오르고, 팔방에서 쌀쌀한 광풍이 불어왔다. 검과 검이 부딪치니 붉은 빛이 번쩍이고, 병기와 보물이 맞서니 상서로운 기운이 은하수까지 충천했다.

양전의 칼은 번쩍이는 번개와 같고, 이정의 쌍날창은 나는 용과 같고, 금타는 다리를 쫙 뻗어 뛰고, 목타는 보검으로 마구 찌르고, 위호는 항마저를 휘두르고, 나타는 풍화륜에 올라타고서 싸우니, 각기 영웅이 따로 없는 기세였다. 또한 뇌진자는 두 날개로 하늘을 가르며 용맹을 보이고, 양임은 오화선五火扇을 들고 바람을 부채질했다.

마침내 노자와 원시천존은 만선진으로 쳐들어가 통천교주를 포위했다. 금령성모도 세 명의 대사에게 포위당했는데, 세 대사의 얼굴이 파랗고 빨갛고 하얗게 나뉘면서 어떤 이는 머리 세 개에 팔 여섯을 드러내고, 어떤 이는 머리 세 개에 팔 여덟을 드러내고, 어떤 이는 머리 여덟에 팔 여섯을 드러냈다. 또한 그들의 온몸 구석구석을 금등金燈·백련白蓮·보주寶珠목걸이·화광華光이 보호하고 있었다.

금령성모는 옥여의玉如意를 사용해 세 대사에게 한참 동안 대항하다가 머리 위의 금관이 땅으로 떨어지는 것을 미처 깨닫지 못했다. 그리하여 금령성모는 머리카락이 산발된 채로 맞서 싸우는 수밖에 없었다.

그때 연등도인이 정해주定海珠를 던져 금령성모의 정수리를 정통으로 맞혔다. 금령성모는 그 자리에서 한 말이나 되는 피를 토하며 죽었다.

한편 이미 주선진에서 통천교주로부터 빼앗은 네 개의 검이 이제 그들을 치는 데 쓰이고 있었다. 광성자는 주선검誅仙劍을, 적정자는 육선검戮仙劍을, 도행천존은 함선검陷仙劍을, 옥정진인은 절선검絶仙劍을 각기 휘두르자, 여러 갈래의 검은 기운이 하늘을 찌르면서 만선을 뒤덮었다.

무릇 봉신대에 이름이 올라 있는 자들은 토막난 오이와 잘린 푸성귀처럼 모두 죽음을 만나고 말았다.

자아는 타신편을 마음대로 휘두르면서 종횡무진이었다. 또한 만선진 안에서 양임이 오화선으로 불을 부채질하여 천 장이나 되는 검은 연기가 하늘을 가렸으니, 가련하게도 만선은 정말 감당키 어려운 재앙을 만난 것이었다. 나타는 머리 셋에 팔 여덟을 모두 드러내고서 왼쪽에서 치고 오른쪽에서 박고 했다.

이렇듯 옥허의 문도들은 이제 거칠 것이 없었다. 마치 사자가 고개를 흔들고 산예狻猊가 춤추는 듯 산을 무너뜨리고 땅을 가를 듯한 기세로 돌진할 뿐이었다.

통천교주는 사방팔방에서 만선이 이처럼 도륙되는 것을 보고 대노하여 급히 소리쳤다.

"장이정광선, 빨리 육혼번을 흔들어라!"

이때 정광선은 이미 천교의 위대함을 알고 있었다. 접인도인이 흰 연꽃으로 몸을 감싸고 사리가 빛나는 것을 보았으며, 또한 현도玄都의 12대 문도들이 모두 구슬목걸이·금등·화광으로 몸을 감싸고 있는 것을 보았다. 그들의 출신이 청정하며 절교가 끝내 잘못된 것임을 마음 깊이 새겼다. 그래서 그는 육혼번을 거두어 재빨리 만선진을 도망나와 곧장 갈대집 아래로 숨어들었다.

발등에 불이 떨어진 통천교주가 큰소리로 "정광선은 빨리 기를 가져오라!"고 연거푸 몇 번 불렀으나 정광선은 끝내 나타나지 않았다. 통천교주는 그가 이미 천교 쪽으로 도망가 버린 것을 짐작하고 크게 노했다. 싸우려는 마음이 싹 없어져버렸다.

다만 만선이 이런 낭패를 당하는 것을 보면서도 앞으로 나아가자니 네 명의 교주가 가로막고 있고, 후퇴하자니 절교의 문도들에게 웃음거리가 될까 억지로 버티고 있을 따름이었다. 그러다 노자에게 또 한 차례 얻어맞았다.

통천교주는 조급해져서 노자에게 자전추紫電鎚를 던졌다. 노자가 웃으며 말했다.

"이런 것으로 어떻게 나를 맞추겠느냐?"

그러면서 머리 위에 영롱한 보탑을 드러냈다. 그러니 자전추가 어찌 내려올 수 있었겠는가!

통천교주는 정신을 놓고 있다가 원시천존의 또 다른 여의봉이 어깨에 명중되어 규우에서 떨어질 뻔했다. 통천교주는 대노하며 다시 죽을힘을 다했으나 보이느니 28수 성관星官들의 죽음뿐이었고 들리느니 죽어 넘어지는 동도들의 절규였다. 그 위태로움이 극에 달한 상태였다.

구인丘引은 전세가 불리한 것을 보고 토둔법을 빌어 달아나려 했다. 그것을 본 육압도인이 황급히 공중으로 솟구쳐 호리병을 열고 한 줄기 흰 광채를 내보내니 그 위에서 한 물체가 나타났다.

육압도인이 그것을 한번 치면서 외쳤다.

"보물아! 몸을 굴려라!"

그러자 가련하게도 구인의 머리는 땅에 떨어지고 말았다. 육압도인은 보물을 거두어 가지고 다시 진 안으로 가서 싸움을 도왔다.

이러한 때 접인도인이 만선진 속에서 건곤대乾坤袋를 열고서 홍기紅氣의 객 3천 명을 모두 거둬들였으니, 극락으로 갈 인연이 있던 자들은 모두 이 자루 속에 거두어 들여진 것이었다.

준제도인은 공작명왕孔雀明王과 함께 진중에서 34개의 머리와 18개의 손을 드러냈는데, 그 손에 영락瓔珞 즉 구슬목걸이·산개傘蓋·화관花貫·어장魚腸·금궁金弓·은극銀戟·백월白鉞·번당旛幢·가지신저加持神杵·보좌寶銼·은병銀瓶 등을 쥐고 통천교주를 공격했다.

통천교주는 순제노인을 보자 갑자기 삼매진화를 일으키면서 큰소리로 욕하여 말했다.

"이 망할 놈! 지난번 주선진에서 감히 나를 그렇게 능멸하더니 이제 또 와서 나의 진을 어지럽혀!"

통천교주가 규우를 급히 몰아 달려들자, 준제도인은

칠보묘수로 가로막았다. 다시 준제도인이 칠보묘수를 한 번 휘두르자 통천교주 수중의 검이 가루가 되었다. 이에 놀란 통천교주는 규우를 몰아 급히 진에서 빠져나갔다. 준제도인은 법신法身을 거둬들였으며 노자와 원시천존도 그를 쫓지 않았다.

여러 신선들이 함께 만선진을 무찌른 뒤 금종을 울리고 옥경을 치면서 모두 갈대집으로 돌아왔다.

갈대집에는 이미 정이정광선이 와 있었다. 노자와 원시천존이 정광선을 보고 물었다.

"너는 절교의 문도 정광선인데 무슨 일로 이곳에 숨어 있는 것이냐?"

정광선이 땅에 엎드려 절하며 말했다.

"사백께 아룁니다. 제자에게 죄가 있으나 감히 사백들께 아뢰겠습니다. 저의 사부님이 육혼번을 만들어 두 분 사백과 서방교주·주무왕·자아를 해치려고 저에게 가져오도록 시켰습니다. 그런데 저는 사백들의 도가 바르고 이치가 분명하심과, 저의 사부님이 편벽되고 도리에 어긋남을 면치 못하여 이러한 업장을 지었다는 것을 비로소 알았습니다. 때문에 차마 그 깃발을 사용하지 못하고 이곳에 몸을 숨기게 된 것입니다. 이제 사백들께서 물으시니 저는 사실대로 고하는 것입니다."

원시천존이 기뻐하며 말했다.

"훌륭하구나, 훌륭하구나! 네 몸은 절교에 거하면서도 마음은 정통종법을 향하고 있으니 원래 근성과 기량이 있는 사람이로다."

원시천존은 마침내 정광선에게 안으로 따라오도록 명했다. 네 명의 교주가 자리에 앉아 오늘에 이르러 사邪와 정正이 비로소 구분된 것을 논했다.

노자가 정광선에게 물었다.

"너는 육혼번을 가져올 수 있겠느냐?"

정광선이 육혼번을 바치자 서방교주가 말했다.

"이 깃발에서 주무왕과 강상의 이름을 뺀 뒤 이것을 펼쳐 우리들의 근본수행이 어떤지 한번 보도록 합시다."

준제도인이 육혼번에서 주무왕과 강상의 이름을 빼고 나서 정광선에게 명하여 펼치게 했다. 정광선이 명을 받들어 깃발을 연달아 몇 번 펼쳤다. 그때 네 교주의 머리 위에서 각기 기이한 것이 나타났는데, 원시천존은 오색구름이, 노자는 탑이, 서방의 두 교주는 사리가 나타나 그들의 몸을 보호했다.

정광선이 그것을 보자 땅에 엎드려 절하며 말했다.

"아무래도 저의 사부가 망령되이 분노를 행하여 저 수많은 무고한 목숨을 해친 것 같습니다."

이에 서방교주가 말했다.

"나에게 한 게송偈頌이 있으니 그대는 잠시 들어보라."

극락향에서 온 객은,
서방의 묘술을 부리는 신이라네.
연꽃은 부모가 되고,
구품九品은 내 몸을 세우네.
연못가에는 팔덕八德이 나뉘어 있으며,
항상 칠보원七寶園에 임하여 있네.
바라꽃이 핀 뒤,
온 땅에 진귀한 금옥이 가득하네.
삼승법三乘法을 강론하고,
사리는 뱃속에 들어 있네.
인연이 있어 이 세상에 태어나니,
오랜 후에 다행히도 스님이 되었다네.

삼승법은 성문聲聞·연각緣覺·보살菩薩이 되는 법을 말한다.

서방교주가 말했다.

"정광선은 우리 교와 인연이 있구려."

원시천존도 말했다.

"그가 오늘 여기에 이른 것은 사악함을 버리고 올바른 데로 돌아오겠다는 생각이니, 도형께 귀의하는 것이 마땅합니다."

정광선은 마침내 접인도인과 준제도인 두 교주에게 절했다.

자아는 갈대집 아래에서 나타 등에게 말했다.

"오늘 만선진 안의 수많은 사람이 재앙을 만났다. 무고하게 죽임을 당한 자들이 있을 것이니 정말로 마음이 아프도다."

한편 통천교주는 네 명의 교주에게 만선진을 격파당했다. 진중에는 정신正神을 이룬 자도 있었고, 서방교주에게 귀의하거나 도망간 자도 있었고, 무고하게 희생당한 자도 있었다. 제일 앞장섰던 무당성모는 전세가 불리하자 제일 먼저 도망쳤다. 신공표도 도망가는 데 선후를 가리지 않았다. 비로선은 서방교주에게 귀의하여 후에 비로불毘蘆佛이 되었는데, 이는 천 년 뒤에야 비로소 불광이 나타난 것이다.

통천교주는 이삼백 명의 흩어진 신선들을 이끌고 어느 산 아래로 도망쳤는데, 잠시 쉬면서 혼자 생각했다.

'정광선이 육혼번을 훔쳐가 내 큰 공을 이루지 못하게 된 것이 한스럽도다! 이번에 이렇게 실패했으니 다시 무슨 면목으로 벽유궁의 대교大敎를 관장하겠는가! 어차피 절교를 관장할 수 없다면 저들을 그냥 내버려 둘 수 없

으니, 차라리 지금 궁으로 돌아가 지수화풍地水火風을 다시 세워 이 세계를 바꿔버리리라!'

좌우의 여러 신선들이 모두 그를 보좌했다. 통천교주는 자신에게 필요한 좌우 네 명의 문도를 모두 잃고 이를 갈며 한을 깊게 품었다.

'자소궁에 가서 내 사부님을 만나뵙고 먼저 아뢴 뒤에 다시 이 일을 하는 것이 좋겠다.'

이때 갑자기 정남쪽에서 만 갈래의 상서로운 구름과 천 갈래의 상서로운 기운이 나타나고 이상한 향기가 엄습하면서, 한 도인이 대나무 지팡이를 손에 들고 왔다. 그가 게송을 지어 불렀다.

아홉 겹의 구름에 높이 누워,
부들방석 위에서 진리의 도를 깨달았네.
천지현황의 밖에서,
나는 교단을 관장하는 사존이 되었네.
반고盤古가 태극을 만드니,
천지와 일월성신이 따라 생겼네.
하나의 도를 세 벗에게 전하여,
천교와 절교의 두 교단으로 나뉘었네.
현묘한 법문에 있어 모두 빼어나니,
한 기운이 홍균鴻鈞으로 화했네.

홍균도인이 이르자 통천교주는 바로 사존께서 오신 것을 알고는 황급히 나아가 영접하면서 엎드려 절하며 말했다.

"사존의 만수무강을 기원합니다! 사존께서 임하시는 것을 알지 못해 미처 멀리 나가 영접하지 못했으니 용서해 주시기를 간절히 바라옵니다."

홍균도인이 말했다.

"너는 어찌하여 이 진을 설치하여 무수한 생령을 죽음의 수렁으로 빠뜨렸는지 한번 말해 보아라!"

통천교주가 말했다.

"사존께 아뢰옵니다. 두분 사형은 우리 교단을 능멸하고 문도들이 저를 비방하도록 방조했으며, 또한 저의 문하생들을 죽였습니다. 같은 당(堂)의 친분은 조금도 생각지 않은 채 속이고 능멸했으니, 이는 분명 사존님을 속이는 것과 같은 일입니다. 사존님의 자비를 바라나이다!"

홍균도인이 말했다.

"너는 끝까지 양심을 속이는구나! 분명 네 스스로 일을 저질러 무고한 생명까지 죽였으니, 이 생령들이 그렇게 험악한 운을 만난 것은 당연하다. 너는 자신을 탓하지 않고 오히려 다른 사람을 책망하고 있으니 진실로 한탄스럽도다! 삼교에서 함께 봉신방을 세울 때의 일을 네 어찌 다 잊었단 말이냐? 명예와 이익은 세속의 인간들이나 다투는 것이요, 성냄은 아녀자들이나 일삼는 바이니라. 삼시신을 아직 제거하지 못한 신선이나 반도회蟠桃會에 아직 나아가지 못한 선객들도 이러한 고뇌에서 벗어나려고 하는데, 너희 세 사람은 혼원대라금선混元大羅金仙으로서 만겁의 세월동안 스러지지 않는 몸을 지니고서 삼교의 우두머리가 되었는데도 불구하고 어찌하여 사소한 일 때문에 분노를 발동하여 이러한 과오를 자행했단 말인가! 그들 두 사람은 원래 그런 뜻이 없었으나 네가 이와 같은 잘못을 저질렀기 때문에 그들은 대응할 수밖에 없었느니라. 비록 위협이 여러 번 있었다고 하더라도 모두 네 약속이 엄격하지 않았던 것이며, 너의 문도들이 일을 저지른 것도 너의 잘못이 크다. 내가 오지 않았다면 분명 피차간에 보복을 했을 터이니 그것이 어느 날이겠느냐? 내 특별히 크게 자비를 베풀어 너희들의 원망과 허물을 풀어주어 각기 교종敎宗을 관장케 할 것이니, 다시는 일을 저지르지 말도록 하라."

이어서 좌우 신선들에게 분부했다.

"너희들은 각자 동부로 돌아가 스스로 하늘의 진리를 수양하여 초탈할 때를 기다려라."

이에 여러 신선이 머리를 조아리고 해산했다. 홍균도

인은 통천교주에게 먼저 갈대집에 이르러 통보하라고 명했다. 통천교주는 감히 사존의 명을 어길 수 없어 먼저 갈대집 아래로 가면서 마음속으로 생각했다.

'무슨 낯으로 그들을 본단 말인가?'

그러나 하는 수 없이 부끄러운 얼굴로 갔다.

한편 나타가 위호 등과 함께 갈대집 아래에서 만선진 안의 그 광경을 이야기하고 있을 때, 갑자기 통천교주가 앞서 오고 그 뒤로 늙은 도인이 지팡이를 짚고 오는 것이 보였다.

상서로운 구름과 기운이 도인을 둘러싸고 널리 퍼지며 부드럽게 와서 갈대집 아래에 이르렀다. 여러 문도와 나타 등은 모두 놀라 어찌할지 몰랐다. 드디어 통천교주가 갈대집 아래로 다가와 큰소리로 말했다.

"나타는 노자와 원시천존에게 빨리 나와서 사존님의 성스런 거마를 영접하라고 고하라!"

나타가 황급히 보고했다.

이때 노자는 서방교주와 함께 여러 제자들의 겁수가 이미 원만히 해결되었음을 이야기하고 있었는데, 문득 머리를 들어 쳐다보았더니 상서로운 빛과 노을이 반짝이면서 내려오고 있었다. 노자는 스승이 도착한 것을 이미 알고서 황급히 몸을 일으키며 원시천존에게 말했다.

"사존께서 오시었소!"

여러 제자들이 노자를 따라 갈대집을 내려갔다.

나타가 와서 보고했다.

"통천교주가 한 늙은 도인을 따라오며 그 도인을 영접하라고 하는데 무슨 연유인지는 모르겠습니다."

노자가 말했다.

"나는 이미 알고 있다. 그분은 우리들의 스승이신데 우리들의 원망과 허물을 풀어주시러 여기에 오신 것 같다."

이에 문도들을 이끌고 갈대집을 내려와 영접하면서 길옆에 엎드려 말했다.

"사존의 거룩한 수레가 임하시는 줄을 모르고 제자가 멀리 나가 영접하지 못했으니 용서해 주시기 바랍니다."

홍균도인이 말했다.

"12대 제자들이 겁난의 운명을 만나 너희 양교가 동과 서처럼 나뉘었도다. 내가 특별히 온 것은 너희들의 허물을 풀어주려는 것이니, 각기 자신의 교단에 거하며 서로 배반하지 말라."

노자와 원시천존이 공손히 대답하며 말했다.

"사존의 명대로 따르겠습니다."

마침내 홍균도인이 갈대집에 이르러 서방교주와 상

견했다. 홍균도인이 칭찬하여 말했다.

"서방의 극락세계는 진실로 복된 땅이오."

서방교주가 응답했다.

"황송합니다."

서방교주가 홍균도인에게 절하며 인사드리기를 청하자 홍균도인이 말했다.

"나와 도우는 아무런 구속되는 바가 없소이다. 이 세 사람은 나의 문하인데 이 모양이오."

접인도인과 준제도인이 머리가 땅에 닿도록 공손히 절하고 앉았다. 뒤쪽에서 노자와 원시천존이 나와 알현을 마치고 또 12대 제자가 여러 문도와 함께 와서 알현을 마치고 나서 모두 양쪽으로 나누어 시립했다. 통천교주도 한쪽에 섰다.

홍균도인이 말했다.

"그대들 셋은 이리 나오너라."

노자와 원시천존·통천교주가 앞으로 가까이 나가자 홍균도인이 말했다.

"주왕실의 국운이 장차 흥하고 은나라의 운수가 다해 가는 때를 당하여 신선들이 이런 살운殺運을 만나게 되었으므로 너희 셋에게 함께 봉신방을 세우도록 명했다. 이어 여러 신선들의 근본수행이 어떠한지 살펴, 혹은 선

仙이 되거나 혹은 신神이 되거나 각기 그 품자品資를 이루게 한 것이었다. 그런데 뜻밖에 통천 그대가 제자들의 말을 가벼이 믿고 이러한 사단을 일으켰으니, 비록 겁수는 피하기 어려웠다 해도 네가 청정함을 지키지 않고 스스로 맹세를 배반하여 여러 신선들이 해탈을 이루지 못한 채 이러한 도륙을 만나게 된 것이다. 진실로 죄는 네게 있는 것이니라. 스승인 내가 편향되게 이런 말을 하는 것이 아니다. 오로지 이것은 공정한 판단이니라."

접인도인과 준제도인이 함께 말했다.

"선생의 말씀이 옳습니다."

홍균도인이 다시 말했다.

"오늘 내가 너희들에게 분명히 말했으니 지금부터는 서로 화해하도록 하여라. 제자들아, 이제 그만 그를 책망하여라. 모두 선궐仙闕로 돌아가 다시는 무고한 생명을 해치지 말라. 더욱이 여러 제자들의 재앙이 마무리되었고 강상의 큰 공도 머지않아 이루어질 것이니 다시 여러 말 말고 이제부터 각자 근본된 가르침을 수양토록 하여라."

홍균도인이 또 분부했다.

"세 사람은 꿇어앉도록 하라."

세 교주가 나란히 앞으로 나아가 무릎을 끓었다. 홍균도인이 소매 속에서 호리병 하나를 꺼내고 그 안에서 또 세 알의 단약을 꺼내 한 사람 앞에 하나씩 주었다.

"너희들이 이것을 뱃속으로 삼키면 내가 이야기해 주겠다."

세 교주가 모두 명을 받들어 각자 한 알씩 삼키자 홍균도인이 말했다.

"이 단약은 병을 물리치고 장생하게 하는 것이 아니다. 이 단약은 현묘한 공으로 단련된 것인데, 너희 세 사람이 서로 공격했기 때문에 만들었느니라. 만약 먼저 생각을 바꾼다면 뱃속의 단약이 효과를 발하여 즉시 죽게 될 것이다!"

세 교주가 머리를 조아리며 말했다.

"사부님의 자비에 고개 숙여 감사드립니다."

홍균도인은 몸을 일으키며 서방교주에게 작별을 고하고, 세번째 제자인 통천교주에게 말했다.

"그대는 나를 따라오너라."

통천교주는 감히 명을 어길 수 없었다. 접인도인과 준제도인도 일어났으며, 노자와 원시천존은 여러 문도를 이끌고 갈대집 아래로 내려가 전송했다. 홍균도인이 두 서방교주와 작별하자, 노자와 여러 문도들은 길옆에 엎드려 홍균도인의 거마가 출발하기를 기다렸다.

홍균도인이 분부하여 말했다.

"그대들은 이제 돌아가 보아라."

여러 사람들이 일어나서 공손히 두 손을 모았다. 홍균도인과 통천교주가 상서로운 구름에 훌쩍 올라 떠나갔다. 서방교주들도 작별을 고하고 서쪽으로 돌아갔다.

노자와 원시천존이 자아에게 말했다.

"이제 우리들은 12대 제자들과 함께 모두 동부로 돌아가 그대가 신에 봉해질 때를 기다릴 테니, 다시 새롭게 몸과 성명性命을 수련하여 진선眞仙이 되어라."

자아는 길에 엎드려 절하며 사존께 가르침을 청했다.

"제자 강상은 사존의 가르침을 받아 여기까지 이를 수 있었사온데, 후에 제후들을 회합하는 일은 어떠할지 모르겠습니다."

노자가 말했다.

"내게 시 한 수가 있으니 너는 어려움이 있을 때마다 힘써 기억하라."

위태롭고 또 위태로운 지경을 만날지니,
앞길이 어떠할지는 물을 필요 없네.
8백 제후들이 회합한 뒤에,
봉신되어 개선가를 부르기만 기다리네.

노자가 말을 마치고 원시천존과 함께 각자 옥경玉京으

로 돌아갔다. 광성자와 12대 선인도 모두 와서 이별하며 말했다.

"자아, 그대와 우리가 이렇게 이별하면 다시는 만날 수 없겠구려!"

자아는 마음속으로 헤어지게 되는 것을 참지 못하고, 갈대집 아래에서 연연해 하며 자리를 떠나지 못했다. 자아가 시를 지어 그들을 전송했다.

임동臨潼으로 동진하여 만선을 만났으니,
차마 헤어지기 어려워 고개 돌리네.
이제 이별하면 어느 때나 다시 만나리오?
옛 인연에 호소하여 어디에선가 서로 만나리라.

여러 신선들이 작별하고 떠난 뒤, 다만 육압도인만이 남아 자아의 손을 잡고 말했다.

"우리들이 이렇게 떠나면 다시 만나기 어려울 것이오. 앞길에 비록 험난한 곳이 있어도 그것을 풀어주는 사람이 나타날 것이오. 그래도 또한 해결하기 어려운 일이 있을 것이니 그때는 이 보물이 아니면 안되오. 내 이 호리병의 보물을 그대에게 주겠으니 장차 사용하시오."

자아가 감사해 마지않았다. 육압도인은 또 비도飛刀를 주고 떠났다.

한편 신공표는 만선진이 격파되자 다른 산으로 도망가 숨으려 했으나 악행이 가득 차고 넘쳐 그것도 허용되지 않아 호랑이를 타고 달아났다. 그때 백학동자는 신공표가 바로 눈앞에서 번갯불처럼 빠르게 도주하는 것을 보았다.

백학동자가 원시천존에게 급히 아뢰었다.

"앞에 신공표가 달아나고 있습니다."

원시천존이 말했다.

"그가 일찍이 맹세를 했으니, 황건역사에게 명하여 나의 삼보옥여의로써 그를 잡아 기린애로 끌고 가서 분부를 기다리라고 하라."

백학동자가 여의를 받아 곧장 황건역사에게 주었다.

황건역사가 앞으로 추격하면서 외쳤다.

"신공표는 도망가지 말라! 천존의 법지를 받들어 너를 사로잡아 기린애로 끌고 갈 것이다!"

이에 여의로 공중에서 신공표를 잡아 기린애로 갔다. 원시천존이 기린애 앞에 이르러 구룡침향련九龍沈香輦에서 내리자, 황건역사가 신공표를 잡아와 원시천존의 수레 앞에 내려놓았다.

원시천존이 말했다.

"너는 일찍이 네가 한 맹세를 어겼으니 북해 안에 가

두리라! 이제는 아무 변명도 못할 것이다."

신공표는 다만 고개를 숙이고 말이 없었다. 원시천존이 황건역사에게 명했다.

"나의 포단으로 그를 싸서 북해 안에 처넣어라!"

황건역사가 명을 받들어 신공표를 북해 안에 가두었다. 시 한 수가 있다.

천교의 신공표는 가소롭나니,
성탕成湯을 돕고 무왕을 멸하려 했네.
오늘 몸이 바다에 갇힐 것을 누가 알았겠는가?
상전벽해桑田碧海하듯 붉은 해가 변할 줄은 알지 못했네.

자아가 여러 문도를 이끌고 동관으로 돌아와 대왕을 알현하니 대왕이 말했다.

"상보께서 이제 돌아왔으니, 병사들을 모두 정렬하고 속히 전진하여 빨리 제후들을 회합하는 것이 짐의 바라는 바이오."

이에 자아가 즉시 영을 내려 임동관으로 전진했다. 80리쯤 가자 관 아래에 이르게 되어 진영을 주둔케 했다.

한편 임동관의 수비장 구양순歐陽淳이 보고를 듣고 부장군 변금룡卞金龍·계천록桂天祿·공손탁公孫鐸과 더불어 의논했다.

"지금 강상의 군대가 관에 당도해 있으니 어찌하면 물리칠 수 있겠는가?"

여러 장군들이 말했다.

"주장께서는 내일 서주병사들과 한번 싸워 이길 것 같으면 무찔러 서주군를 물리치고, 이기지 못할 것 같으면 수비를 견고히 한 뒤 조가에 표문을 올려 급함을 알리고 지원군의 도움을 기다리십시오. 이것이 상책입니다."

이에 구양순은 말했다.

"장군들의 말이 옳도다."

다음날 자아는 군막을 걷어올리고 명을 전했다.

"누가 가서 임동관을 공략해 보겠는가?"

옆에 있던 황비호가 대답했다.

"소장이 가고자 합니다."

자아가 허락하자 황비호는 본부인마를 이끌고 포성을 울리며 싸움을 걸었다. 보고를 받은 구양순이 말했다.

"누가 나가서 대적하겠는가?"

그러자 선행관 변금룡이 나섰다. 그는 관을 나와 황비호를 보고 큰소리로 외쳐 말했다.

"지금 온 장수의 이름은 무엇인가?"

"나는 무성왕 황비호다."

황비호가 대답하자 변금룡이 크게 꾸짖으며 말했다.

"역적놈! 충성보국할 생각은 않고 도리어 반역자를 돕다니! 나는 임동관의 선행관 변금룡이다."

황비호가 크게 노하여 말을 몰아 창을 흔들면서 짓쳐 들어갔다. 변금룡이 급히 도끼로 막으며 30합쯤 맞붙어 싸웠다. 마침내 허점을 틈탄 황비호가 고함을 지르면서 변금룡을 찔렀다. 변금룡은 말 아래로 떨어져 목이 잘리는 운명이 되었다. 승리의 북이 울리고 서주진영은 서전의 승리를 자축하며 황비호를 맞았다. 자아가 크게 기뻐하며 황비호의 공을 치하했다.

정탐병이 원수부로 들어와 보고하자 구양순은 크게 놀랐다. 변금룡의 가병장이 그것을 본가에 알리니, 변금룡의 처 서(胥)씨가 듣고 방성대곡했다. 그 소리를 듣고 후원에 있던 큰아들 변길(卞吉)이 놀라 좌우에게 물었다.

"어머님께서 무슨 까닭으로 저리 통곡하시지?"

좌우에서 주인이 돌아가신 일을 말하자, 변길은 분기충천하여 갑옷을 입고 와서 어머니를 뵙고 말했다.

"어머님, 우실 필요 없습니다. 소자가 아버님을 위하여 원수를 갚을 터이니 잠시만 기다려 주십시오!"

서씨는 통곡하느라 변길의 일에는 미처 신경을 쓰지

못했다. 변길이 말을 달려 원수부 앞에 이르자 좌우에서 전에 들어가 보고했다.

"변 선행관의 큰아들이 명을 기다립니다."

"들어오라 하라."

변길이 전에 올라 예를 마치고는 눈물을 머금고 말했다.

"소장의 부친께서 어느 놈의 손에 죽었습니까?"

"선친께선 불행하게도 역적 황비호의 창에 맞아 목숨을 잃으신 것이니라."

"오늘은 이미 늦었으니 내일 원수놈을 잡아와 부친의 한을 씻겠습니다."

변길은 집으로 돌아와 가병장에게 붉은 궤 하나를 메게 하고서 군대를 거느리고 관을 나갔다. 변길은 군사를 이끌고 관 밖에 이르러 큰 깃대 하나를 세우고 붉은 궤를 열어 깃발 하나를 꺼낸 뒤 그것을 공중에 높이 매달았는데, 그 높이가 50척이나 되었다.

얼마나 대단한 깃발이었는지 시가 전한다.

수많은 해골 모아 만든 것으로 세상에 아는 자 드무니,
천지개벽한 이래로 가장 기이하다네.
무왕에게 많은 홍복이 없었다면,
백만의 웅사雄師가 이곳에서 재액을 당할 뻔했다네.

그날 변길은 깃대를 세우고 서주진영의 대군영 밖에 이르러 싸움을 걸었다.

초병이 보고하자 자아가 물었다.

"누가 나가 대적하겠느냐?"

남궁괄이 명을 받들어 진영을 나갔더니, 흉악한 얼굴 생김새에 방천화극을 손에 든 어린 장수 하나가 외쳤다.

"지금 온 자는 누구인가?"

남궁괄이 웃으며 말했다.

"너 같은 젖비린내 나는 애가 무얼 알겠느냐? 나는 서기의 대장 남궁괄이다."

"내 너그럽게 장군을 돌려보낼 터이니 황비호를 불러 보내시오! 그가 내 부친을 죽였으니 그와 나는 같은 하늘 아래에서 함께 살 수 없는 원수요. 나는 장군 같은 하찮은 말장은 사로잡지 않을 것이오."

남궁괄이 듣고 크게 노하여 말을 몰아 칼을 휘두르면서 곧장 변길을 잡으려 했다. 변길은 극으로 급히 맞섰다. 두 사람이 30여 합쯤 맞붙어 싸웠을 때 변길이 말을 달려 도망쳤다. 남궁괄은 그 뒤를 쫓았다.

변길이 먼저 세워놓은 깃대 아래를 지났다. 남궁괄은 속내를 모르는 터라 서슴없이 깃대 아래로 지나는데, 말이 깃대 앞에 이르자 사람은 물론이고 말까지 다 고꾸라져 버렸다.

남궁괄이 어리둥절해 있을 때, 좌우에서 깃대를 지키던 병사들이 달려들어 그를 새끼줄로 묶어 끌고 갔다. 남궁괄은 정신을 차리고 두 눈을 부릅떠 보고서야 좌도의 술수에 걸려든 것을 알게 되었다.

변길이 관으로 들어가 구양순을 뵙고 남궁괄을 잡아들인 일을 아뢰었다. 구양순이 좌우에게 "끌고 와라"고 했다. 남궁괄은 호기가 있는 장수였다. 그는 전 앞에 이르러서도 당당하기 이를 데 없었다.

구양순이 그를 꾸짖어 말했다.

"나라에 반역한 역적놈아! 지금 사로잡히고서도 감히 무례하게 구느냐!"

이어서 "속히 참수하라!"고 명을 내렸다. 곁에 있던 공손탁이 말했다.

"주장께 아룁니다. 지금 간사하고 아첨하는 중신들이 말하기를, 관을 지키는 우리 장수들이 모두 거짓으로 전쟁한다고 꾸며 전량을 낭비하고 뇌물로 공적을 사고 있다고 참소한답니다. 그리하여 변방의 모든 보고를 하나같이 인정하지 않을 뿐만 아니라 상주문을 바치러 간 사신까지 참수했답니다. 그러니 소장의 어리석은 생각으로는, 남궁괄을 감옥에 가두었다가 그들의 괴수를 사로잡은 뒤에 조가로 압송하여 저 간사하고 아첨하는 자들의 입을 막는다면, 아마도 변방에서 헛되이 전량을 낭비한다는 누명은 벗을 수 있을 것입니다. 주장의 의향은 어떠하신지요?"

구양순이 말했다.

"장군의 말이 내 뜻과 꼭 같구려."

이리하여 남궁괄은 목숨을 부지한 채 감옥으로 보내졌다.

한편 자아는 남궁괄이 잡혔다는 보고를 듣고 크게 놀라 중군에서 고민하며 앉아 있었다.

다음날 변길이 또 와서 싸움을 걸면서 황비호를 거명해 불렀다. 황비호가 황명黃明과 주기周紀를 데리고 진영을 나가니, 변길이 말을 달려와서 소리쳤다.

"지금 온 자는 누구냐?"

"내가 바로 무성왕 황비호다!"

황비호가 대답하자 변길은 대노하여 욕하며 말했다.

"나라에 반역한 역적놈! 내 아버지를 죽였으니 철천지원수로다. 오늘 네놈의 시체를 만 조각으로 잘라내 한을 씻을 테다!"

그리고는 극을 휘둘러 공격했다. 황비호는 급히 창을

들어 응수했다. 30합쯤 맞부딪쳐 싸우다가 변길은 거짓으로 패한 척하고는 깃대 아래로 달려갔다. 황비호는 영문도 모른 채 뒤쫓아 깃발 아래에 이르렀다가 역시 남궁괄처럼 사로잡히고 말았다.

뒤따르던 황명이 대노하여 도끼를 휘두르며 쫓아가 황비호를 구하고자 했으나, 자신도 깃발 아래에 이르렀다가 실족하여 땅에 굴러떨어져 마찬가지 신세가 되었다.

변길은 사로잡은 두 장수를 데리고 관으로 들어가 공을 알리고서, 황비호를 참수하여 아버지의 원수를 갚고자 했다.

그런데 구양순이 말했다.

"젊은 장군이 부친의 원수를 갚고자 하니 참수되는 것이 마땅하나, 그는 화를 일으킨 우두머리로 마땅히 조정에 끌고 가서 법으로 다스려야 할 것이다. 그리 하면 그대 부친의 한을 씻음은 물론 젊은 장군의 공로도 드러나게 되어, 보은과 원한을 둘 다 해결할 수 있으니 어찌 좋지 않겠는가? 일단 그를 감옥에 가두도록 하겠다."

이에 변길은 마지못하여 눈물을 머금고 물러났다.

한편 주기는 황명마저도 실패하자 감히 앞으로 나가지 못하고 진영으로 후퇴해 돌아와 자아를 뵈었다. 자아는 황비호가 잡혔다는 이야기에 크게 놀라며 주기에게 물었다.

"아니 어쩌다 잡혔단 말인가?"

"변길은 관 밖에 깃대 하나를 세워놓았는데, 그것은 사람의 해골을 엮어 만든 것으로 높이가 수십 척이나 됩니다. 그놈이 먼저 패주하는 것처럼 하여 그 깃대 아래로 가는데, 만약 놈을 추격하여 깃발 아래에 이르게 되면, 곧바로 말까지 굴러 떨어지는 것입니다. 황명이 무성왕을 구하고자 달려갔지만 그도 역시 사로잡혔습니다."

자아는 크게 놀랐다.

"이는 정녕 좌도의 술수로구나! 내일 내가 친히 나서서 싸움에 임하면 곧 그 실마리를 알 수 있을 것이다."

다음날 자아가 여러 장수들과 문도들을 거느리고 나와서 그 깃발을 보았는데, 공중에 매달려 있는 가운데 천 갈래의 검은 기운과 만 가닥의 차가운 연기가 가득했다. 나타 등이 백골 위에 주사(朱砂)로 쓰인 부적을 자세히 살펴보고서 자아에게 말했다.

"사숙님, 저 깃대 위에 쓰인 부적이 보이십니까?"

"나도 이미 보았다. 이는 정녕 좌도의 술수로다. 너희들은 지금부터 교전할 때 절대로 저 깃대 아래를 지나가지 말라."

이때 초병이 관내로 들어가 알리자 구양순도 친히 관을 나와 자아를 만났다. 구양순은 깃발 아래를 지나지 않고 옆쪽으로 걸어나왔다.

자아는 구양순이 돌아 나오는 것을 보고 문도들에게 말했다.

"저 대장도 저곳을 지나지 않는 것을 너희는 다들 보았겠지?"

여러 장수들이 모두 고개를 끄덕였다. 자아가 앞으로 나아가 그를 맞이하며 물었다.

"지금 오는 장군은 관을 지키는 주장이 아니신가?"

"그렇소."

구양순이 대답하자 자아가 말했다.

"장군은 천명을 아시오? 다섯 개의 관 가운데 이 성 하나만 남았을 뿐이오. 그래도 천군天軍에 저항하겠다는 말이오?"

구양순이 대노하여 말했다.

"하찮은 필부놈이 감히 입이 있어 말이 많구나!"

이어 변길을 돌아보며 말했다.

"저 역적을 잡아오라!"

변길이 빠르게 말을 달려 극을 휘두르며 돌진해 오자, 자아의 곁에 있던 뇌진자가 큰소리로 말했다.

"적장은 서둘지 말라! 내가 여기 있다!"

뇌진자는 양 날개를 펴고 몽둥이를 들어 쳤다. 변길은 뇌진자의 흉악함과 사나움을 보고 그가 보통사람이 아님을 알았다. 그래서 몇 번 맞붙어 싸우지도 않고 곧장 패주하여 깃대 아래로 갔다. 이에 뇌진자가 속으로 생각했다.

'이 깃발에 요사스런 술법이 있으니 먼저 이 깃대를 쳐서 자르고 다시 변길을 없애는 것이 좋겠다.'

뇌진자가 양 날개로 날아올라 그 깃발의 꼭대기를 향하여 몽둥이로 내리쳤다. 그런데 이 깃발의 주위에 요사스런 기운이 휘감고 있어서 거기에 부딪히면 곧 정신을 잃게 된다는 것을 몰랐으므로, 뇌진자는 그만 땅으로 곤두박질하여 정신을 잃었다. 깃대를 지키던 장수들이 뇌진자를 묶어버렸다.

위호가 크게 노하여 급히 항마저로 이 깃대를 쳤다. 그러나 위호는 항마저가 비록 사악한 악마와 도를 벗어난 사람을 무찌를 수는 있지만 이 깃대는 어찌할 수 없다는 것을 알지 못했다. 결국 항마저가 깃대 아래로 떨어지고 말았다.

여러 문도들은 멍하니 서로 바라볼 뿐이었다. 그러자 변길이 다시 군진 앞으로 나와 고래고래 소리질렀다.

"강상은 어서 빨리 항복하여 목숨을 구하도록 하라!"

나타가 이 말을 듣고 대노하여 풍화륜에 올랐다. 머리 셋에 팔이 여덟 개인 모습을 드러내며 대갈일성했다.

"이 조무래기야, 네놈 목은 내 것이다!"

나타가 화첨창을 휘두르면서 짓쳐오자, 변길은 나타의 이러한 모습을 보고 벌써 겁을 집어먹었다. 불과 몇 합을 맞붙지 않았을 때 나타가 건곤권으로 변길을 내리치자 그의 몸이 기우뚱하다가 몸을 돌려 관으로 패주해 달아났다.

자아의 뒤에 있던 이정李靖이 갈래창을 들고 말을 달려나와 싸우자, 구양순의 곁에 있던 계천록이 손에 칼을 휘두르며 이정과 싸우러 나왔다. 몇 차례 접전하다가 계천록은 이정의 갈래창에 맞아 말 아래로 고꾸라졌다.

구양순이 크게 노하여 도끼를 들고 나와 이정과 맞붙었다. 자아는 좌우에게 명하여 북을 울려 싸움을 돕도록 했다.

진영 뒤쪽에서 신갑·신면 등 4현賢과 모공 수毛公遂·주공 단周公旦·소공 석召公奭 등 무수한 서주장수들이 출동하여 구양순을 포위했다. 또 주기·용환·오겸 세 장군이 와서 싸움을 도왔다. 구양순은 그저 이들을 막아내는 데 급급하여 공격할 엄두도 내지 못했다.

鄧芮二侯歸周主

등곤·예길 두 군후가 주나라 군주에게 귀순하다

구양순은 서주장수들에게 포위되어 그 속에 있었는데, 투구와 갑옷은 비뚤어지고 땀이 흘러 온통 등을 적시는 등 죽음에 직면해 있었다. 그는 스스로 당해낼 수 없다고 생각한 뒤 말을 돌려 서둘러 도망쳤다. 간신히 포위망을 빠져나와 관 안으로 패주힌 그는 굳게 문을 닫고 더 이상 나오지 않았다.

자아는 대군영 밖에서 뇌진자가 또 당하는 것을 보았으므로 심사가 몹시 뒤틀렸다.

한편 구양순은 변길이 부상당한 것을 보고 요양하도록 분부했다. 또한 뇌진자를 감옥에 송치하는 한편 위급함을 알리는 문서를 조가에 보내 구원병을 청하고자 했다. 이에 구양순의 사신이 길을 가는데, 때는 바야흐로 봄이 다하고 여름이 시작되는 시절이었다. 여정의 풍광이 얼마나 보기 좋았던지 저절로 시가 나왔다.

> 화창한 봄날 날씨는 상쾌하고,
> 연못에는 마름과 연이 자라네.
> 매화는 비온 뒤에 무르익고,
> 보리는 바람 부는 곳을 따라 자라나네.
> 꽃잎 진 곳에서 풀이 돋아나고,
> 꾀꼬리 앉은 버들가지 가볍게 흔들리네.
> 강가의 제비는 새끼들에게 나는 연습시키고,
> 들닭은 새끼에게 먹이를 주면서 운다네.
> 천하의 인재가 오늘 영원하니,
> 만물이 그 광명을 드러내는구나.

사신은 밤낮을 가리지 않고 줄곧 길을 달려 하루도 못되어 조가로 들어갔다. 다음날 문서방에 이르러 상주문을 건넸다. 그날은 중대부 악래惡來가 상주문을 보는 날이었다. 사신이 상주문을 올리자 악래가 받아서 보고 있을 때 미자계微子啓가 이르렀다. 악래가 미자에게 구양순의 상주문을 보여주었더니 미자가 크게 놀랐다.

"강상의 군대가 임동관 아래까지 이르렀으니 적병이 이미 지척에 있는 것인데, 천자께서는 마음 내키는 대로 노닐면서 알지 못하고 있으니 이 일을 어찌할꼬!"

이에 상주문을 가지고 내정으로 가서 천자를 알현했다. 천자는 바로 이때 녹대에서 세 명의 요괴와 함께 술자리를 벌이고 있었다.

당가관이 아뢰었다.

"미자계가 어지를 기다리고 있습니다."

"드시라 하라."

미자계가 녹대 위에 이르러 알현의 예를 마치니 천자가 말했다.

"황형皇兄은 상주하고자 하는 것이 무엇이오?"

미자계가 아뢰었다.

"강상이 반란을 일으켜 스스로 희발을 세우고 병사를 일으켜 반역한 줄은 이미 아는 일입니다. 또한 제후들을 규합하여 망령되이 화란을 불러일으키고 강토를 침범하여 강점하고 있는데, 이미 다섯 개의 관 중에서 네 개를 차지했습니다. 병사와 장수를 죽이면서 방자하고 광폭하여 진실로 위험천만하니 그 화가 매우 큽니다. 임동관을 지키는 주장이 상주하여 그 다급함을 보고해 왔으니, 청컨대 폐하께서는 사직을 중히 여기시어 친히 정사를 돌보시고 속히 시행하소서. 부디 가납하소서!"

미자계가 표문을 올리자 천자는 다 읽고 나서 크게 놀라 말했다.

"뜻하지 않게 강상이 난을 일으켜 방자하게 횡행하더니 결국 짐의 4관關을 빼앗았도다. 지금 빨리 다스려 두지 않으면 이는 악창을 키워 스스로 근심을 만드는 것이다."

이에 대전에 오르겠다는 어지를 내렸다. 좌우의 당가관이 용거龍車와 봉련鳳輦을 준비하고 나서 아뢰었다.

"청컨대 폐하께서는 수레에 오르소서."

천자의 행차이니 길을 비키라고 연달아 외치면서, 어가는 급히 금란보전金鸞寶殿에 이르렀다. 대전을 관장하는 관리와 금오金吾의 대장이 황급히 종과 북을 울리니, 백관이 단정하고 엄숙하게 나왔다. 모두들 예의있고 위엄 있는 모습이었다.

천자가 일찍이 여러 해 동안 조정에 임하지 않다가 오늘 아침 대전에 오르니, 인심이 이처럼 고무되었던 것이다.

천자가 조회를 열자 백관이 모두 경사스러운 일이라고 좋아했다. 조정에서 하례가 끝나자 천자가 말했다.

"강상은 방자하고 무엄하게도 아랫사람으로서 윗사람을 능멸하고 요충지를 침범하여 이미 짐의 4관을 무너뜨렸고, 이제 다시 임동관 아래에 병사를 주둔시키고 있도다. 그들을 크게 물리쳐 임금의 주권을 강하게 함으로써 그들의 죄악을 징계하지 않는다면 국법이 어디 있다 하겠는가! 여러 경들은 서주군을 물리칠 무슨 계책이라도 있으시오?"

좌측 반열에서 상대부 이통李通이 불쑥 튀어나와 임금에게 아뢰었다.

"신이 듣기에 '임금은 머리이며 신하는 팔다리다'라고 합니다. 폐하께선 평소에 국사를 중히 여기지 않으시고 참언은 들되 충신은 멀리하셨습니다. 때문에 하늘이 근심하고 백성들이 소요로운 지경에 이르렀으니 만민이 안정하지 못하여 천하가 난을 생각하고 4해가 나뉘어 무너진 것입니다. 폐하께서 오늘 정사에 임하셨지만 일은 이미 늦은 지경입니다. 그러나 조가에 어찌 지혜와 능력있는 선비와 현명하고 뛰어난 인물이 없겠습니까? 나만 폐하께서 지난날 충성되고 선량한 이를 중시하지 않았기 때문에 지금 폐하도 중히 여김을 받지 못하는 것입니다."

이평의 뻘게진 얼굴을 천자는 계면쩍은 듯이 바라보았다. 이평은 아랑곳없이 진언을 계속했다.

"지금 동쪽에 강문환이 있어서 유혼관은 밤낮으로 편안하지 못하고, 남쪽에는 악순이 있어서 삼산관이 심하게 공격받고 있습니다. 또 북쪽에는 숭흑호가 있어서 진당관이 조석으로 위태롭고, 서쪽으로는 희발이 있어서 그 병사들이 임동관을 톡톡 건드려대며 격파할 날을 헤아리고 있습니다. 이는 진실로 커다란 집이 점차 기우는 것과 같으니 기둥 하나로 어찌 버틸 수 있겠습니까? 신은 지금 도끼로 주살당하는 것도 마다하지 않고 감히 직언하오니, 청컨대 속히 정비하시어 위망危亡에 빠진 나라를 구하소서. 만약 신의 말을 그릇되다 여기지 않으신다면 신은 두 명의 신하를 추천하고 싶습니다. 먼저 그들로 하여금 임동관에 가서 서주병사들을 저지하도록 한 연후에 다시 의논하는 것이 좋다고 생각합니다. 부디 폐하께서는 날마다 덕을 수양하여 정치하시고 참언을 버리고 아첨을 멀리하시며 직간을 들어 행하소서. 그리하시면 하늘의 뜻을 조금이나마 돌릴 수 있어서 성탕의 맥을 잃지 않게 될 것입니다."

"경이 추천하겠다는 사람이 누구인가?"

천자가 묻자 이통이 대답했다.

"신이 중신들을 살펴보건대 등곤鄧昆과 예길芮吉은 본래부터 충량한 마음씨와 보국의 생각을 지니고 있으니,

이 두 사람을 먼저 보낸다면 근심을 없앨 수 있을 것입니다."

이에 천자가 허락하고 조서를 내려 등곤과 예길을 대전에 오르게 했다. 일시에 조서를 내리자 두 사람이 대전 앞에 이르러 하례를 마치니 천자가 말했다.

"지금 상대부 이통이 나라를 위하는 경들의 충심을 아뢰며 특별히 그대 두 사람을 먼저 임동관으로 보내 수비를 돕게 하라고 추천했도다. 짐은 그대들에게 황월黃鉞과 백모白旄를 내릴 터이니 변방에서 분투하라. 그대들은 마땅히 전심전력하여 서주군를 물리치는 데 힘쓰고 죄인들을 사로잡으라. 경들의 공은 사직에 있는 것이니, 내 어찌 제후에 봉하여 그대들에게 보답하는 것을 아끼겠는가? 짐의 명을 수행하라."

등곤과 예길이 머리를 조아리며 말했다.

"신들의 노쇠한 힘으로는 폐하의 성은에 감히 보답할 수가 없습니다."

이에 천자가 어지를 내렸다.

"두 경에게 연회를 베풀어 짐이 가진 총애의 지극한 뜻을 보이도록 하라."

두 신하는 고개 숙여 성은에 감사하며 대전을 내려왔다. 잠시 뒤 좌우에서 연회석을 마련하자 백관과 두 신하가 서로 잔을 들었다. 미자와 기자 두분 전하도 두 제후에게 술을 따르면서 목이 메어 그들에게 말했다.

"두분 장군! 사직의 안위가 이번 길에 달려 있으니, 장군들에게 의지해 국난을 극복한다면 이 얼마나 국가의 다행이겠소!"

이에 두 장군이 말했다.

"전하께서는 마음을 놓으십시오. 신들은 충성과 의리의 마음을 지녔으니 오늘에 이르러 국은에 보답하고자 합니다. 어찌 감히 황제께서 맡겨주신 융숭한 대접과 여러 대부께서 추천해 주신 은혜를 저버릴 수 있겠습니까?"

주연을 마치자 두 사람은 두분 전하와 여러 관리들에게 작별인사를 했다.

다음날 군대를 이끌고 조가를 떠나 곧장 맹진孟津을 거쳐 황하를 건넜다.

한편 토행손은 군량을 싣고 다그쳐 대군영 밖에 이르렀다. 그는 거기에서 한 깃발을 보았는데, 그 아래에 위호의 항마저와 뇌진자의 황금곤이 떨어져 있었다. 토행손은 그 연고를 모르는 채 혼자 생각했다.

'두 사람의 병기가 어째서 여기에 버려져 있을까? 가서 원수님을 만나뵙고 진상을 알아봐야겠구나.'

보고병이 중군으로 들어와 알렸다.

"이운독량관이 명을 기다리고 있습니다."

"들어오도록 하라."

토행손이 군중에 이르러 자아를 뵙고 예를 행하여 마치고는 물었다.

"제자가 군량을 싣고 지금 막 대군영 밖에 도착했는데, 관 앞에 한 깃발이 세워져 있고 그 아래에는 위호와 뇌진자의 두 병기가 있었습니다. 대체 무슨 연고입니까?"

이에 자아는 단숨에 변길의 일을 이야기했다. 토행손은 믿을 수가 없어 되물었다.

"어찌 그럴 수가 있단 말입니까?"

그러자 나타가 말했다.

"변길은 나에게 한바탕 얻어맞고서 며칠이 지나도록 나오지 않고 있네."

"내가 가서 그 전말을 알아보겠소."

토행손이 말하자 나타가 말렸다.

"가서는 안되오. 그 깃발은 진실로 해로운 물건이오."

토행손은 여전히 그런 말들을 믿을 수 없었다. 그리하여 날이 어둡기를 기다려 주변의 만류를 외면한 채 몰래 군문을 빠져나갔다. 토행손이 그 깃발 아래로 갔더니, 갑자기 발이 엇갈리면서 넘어졌고 뭐가 뭔지 정신이 빠져나갔다. 관 위에서 망보던 군사들은 깃발 아래 잠자고 있는 난쟁이를 발견하자 가차없이 구양순에게 보고했다.

"관문을 열고 나가 잡아들여라."

구양순이 명했다. 그런데 그들 또한 깃발의 위력을 깜빡 잊어먹었다. 사람을 잡아들이는 것은 변길의 가병장만이 할 수 있는 일이었다. 다른 사람은 감히 잡을 수도 없고 깃대 아래로 가지도 못했다. 그리하여 여러 병사들이 깃대 아래로 달려들었지만 모두 몸이 고꾸라지면서 정신을 차리지 못했다. 관 위의 군사들이 이것을 보고 황급히 주장에게 보고했다.

구양순 역시 놀라 급히 좌우의 장수들에게 말했다.

"가서 변길에게 오도록 청하라."

이때 변길은 집에서 상처를 치료하고 있었는데 주장이 부른다는 말을 듣고 억지로 몸을 일으켜 사령부로 갔다. 구양순이 그 일을 쭉 말하자 변길이 답했다.

"별거 아닌 일입니다."

하고는 가장에게 명했다.

"가서 그 난쟁이를 잡아오고 나머지 무리들은 가서 쉬라 이르라."

이에 가병장이 관을 나가 토행손을 결박하고 다른 병사들은 깃발 밖으로 밀어 내보냈다. 병사들은 취했다가 막 깨어난 것처럼 아직도 몽롱한 상태에서 저마다 눈을 끔뻑이며 얼굴을 문지르고 했다.

가병장이 단번에 토행손을 들쳐메고 원수부로 갔다. 구양순이 물었다.

"너는 누구냐?"

"깃발 아래 황금곤이 있기에 집에 가져가 장난감으로 삼으려 했는데 거기서 잠이 들 줄은 미처 몰랐소."

토행손이 말하자 곁에 있던 변길이 화가 나서 말했다.

"네 이놈! 감히 농지거리로 우리를 우롱하느냐?"

이에 좌우에게 명했다.

"데리고 나가 목을 베어버려라!"

여러 병사들이 앞문으로 데리고 나가 칼을 들어 막 베려고 했는데, 토행손이 한번 몸을 비틀자 곧 사라져 버렸다. 지행地行의 묘술은 참으로 놀라운 것으로서 한번 번쩍이더니 토행손의 몸이 땅속으로 들어가버린 것이었다.

여러 병사들이 황급히 부중으로 달려가 보고했다.

"원수께 아룁니다. 참으로 희한한 일이 벌어졌습니다. 저희들이 그 난쟁이를 끌고 나가서 막 손을 쓰려는 순간에 그가 몸을 한번 비틀자 곧 사라졌습니다."

"그가 바로 토행손이로구나. 자세히 살폈어야 했는데."

구양순이 변길에게 말하면서 서로 깜짝 놀랐다. 그

러나 그때 이미 토행손은 진영으로 돌아와 자아를 뵙고 있었다.

"과연 그 깃발은 대단한 것이더군요. 제자가 깃발 아래에 이르렀다가 고꾸라져서 정신을 못 차리고 있었다가 하마터면 목숨을 잃을 뻔했네요. 지행술이 아니었다면 이놈의 목이 뎅강 끊어졌을 거라구요."

자아는 군기를 어기고 제멋대로 행한 토행손을 군율로 처리하기는커녕 오로지 그가 아무 탈없이 돌아온 데에만 정신이 팔려 고개만 끄덕일 뿐이었다.

다음날 상처가 모두 나은 변길은 가장들을 이끌고 관을 나와 자아군영 앞에 이르러 싸움을 걸었다. 파수병이 보고하자 자아가 물었다.

"누가 출진하겠는가?"

나타가 가겠다고 나서며 풍화륜에 올라탄 채 화첨창을 휘둘렀다. 변길은 원수인 나타를 보자 말할 겨를도 없이 화간극을 마구 휘두르면서 돌진해 왔다. 나타도 화첨창으로 변길의 심장을 가를 듯이 달려들었다.

변길은 나타와 한참 맞붙어 싸우는데 문득 나타가 먼저 손을 쓸 것이 두려웠다. 그는 말을 몰아 깃대를 향해 말을 달렸다. 그러나 나타는 뒤쫓지 않았다. 만약 나타가 깃발 아래로 가려면 갈 수도 있었을 것이다. 그는 연꽃의 화신으로서 혼백이 없었으니 어찌 갈 수 없겠는가?

그렇지만 나타는 본래 영악한 사람이었다. 변길이 깃대 아래로 달려가는 것을 보고 가던 걸음을 멈춘 채 풍화륜에 올라 진영으로 돌아왔다.

변길은 관으로 들어가 구양순을 만나 말했다.

"제가 나타를 속여 깃발 아래로 오게 하려 했는데, 그자가 교활하게도 나를 뒤쫓지 않고 제 진영으로 돌아가 버렸습니다."

"그렇다면 어쩌면 좋겠는가?"

구양순과 변길이 막 의논을 하던 참에 갑자기 보고가 들어왔다.

"등곤과 예길 두 군후께서 어지를 받들어 싸움을 도우러 오셨답니다. 주장께서 영접하시길 청합니다."

구양순이 기뻐하며 여러 장수들과 함께 부에서 나가 영접했다. 두 군후는 급히 말에서 내려 인사하며 손을 끌어 은안전으로 올랐다. 예를 마치자 두 군후는 위에 앉고 구양순은 아래에서 모셨다. 이에 등곤이 물었다.

"전에 장군께서 급한 상주문을 조가에 고했기에 천자께서 보고 부족한 저희 두 사람에게 특명을 내리셨습니다. 장군과 더불어 협력하여 이 관을 지키라는 어지였습니다. 지금 강상이 함부로 날뛰고 가는 곳마다 관새를 차지했습니다. 이로써 군대의 위엄이 심히 꺾였으니 이는 모두 전쟁에 참여하지 않은 죄와 같다 할 것입니다. 임동관은 조가의 보호막과 같아서 여타의 관들과는 사뭇 다르니 반드시 군대를 보충하여 지켜야만 비로소 근심이 없을 것입니다. 연일 장군과 서주군이 교전했다 하는데 승부는 어떻습니까?"

그러자 구양순이 말했다.

"처음에 부장군 변금룡을 잃었지만 다행히 그 아들 변길이 유혼백골번이라는 한 깃발을 가지고 있어서, 오로지 이 깃발에 의지하여 서주병사들을 막아내고 있습니다. 처음엔 남궁괄을 사로잡았고, 두번째는 황비호와 황명을 붙잡았으며, 세번째는 뇌진자를 사로잡았습니다."

"사로잡았다는 사람은 5관에 반란을 일으킨 황비호를 말하는 것이오?"

등곤이 묻자 구양순이 대답했다.

"바로 그잡니다."

구양순이 무심코 대답한 이 말은 이후에 커다란 대가를 치르게 되니, 훗날 바로 이러했다.

무심결에 황비호를 말했다가,
일순간에 임동관이 자아에게 속했네.

등곤이 놀라며 되물었다.

"그렇다면 무성왕 황비호란 말이오?"

등곤이 되묻자 "바로 그렇습니다"라고 대답했다. 등곤이 냉소하며 말했다.

"그가 지금 장군에게 붙잡혀 있으니 이는 장군의 지대한 공이시군요."

그러자 구양순은 사양해 마지않았다. 그러나 등곤은 마음속으로 몰래 웃고 있었다. 사실 황비호는 등곤의 처조카였으니 누가 그 속을 알았겠는가? 구양순이 술자리를 베풀어 두 군후를 모시자, 여러 장수들이 음주를 마치고 각기 흩어져 돌아갔다.

등곤은 사택에 이르러 묵묵히 생각에 잠겼다.

'황비호가 이미 잡혔으니 그를 어찌 구할꼬? 내 생각에 천하의 8백 제후가 이미 모두 서주에 귀의했고 이 관도 대세가 이미 기울었으니, 이 관으로 어찌 그들을 막아낼 수 있겠는가? 차라리 서주에 귀의하는 것이 진실로 상책일 것이다. 그런데 예길은 어찌할지 모르겠구나. 내일 일전을 벌이면서 기회를 봐서 이 일을 논의해야겠다.'

다음날 두 군후가 전에 오르자 여러 장수들이 군례를 올렸다. 예길이 말했다.

"우리들은 어지를 받들어 온 사람들이니 마땅히 충심

으로써 보국해야 하오. 속히 명을 내려 인마를 모아 관을 나갑시다. 강상과 빨리 자웅을 겨루어 무고한 도탄을 없애야 하지 않겠소?"

"장군의 말씀이 진실로 옳습니다."

구양순은 이렇게 답하고 나서 변길 등에게 명을 내렸다. 관 안에서 포성을 울리고 함성을 지르면서 인마가 일제히 관을 나섰다. 등곤과 예길 두 군후도 관 밖으로 나가 유혼백골번이 수십 척의 높이로 세워져 대로를 막고 있는 것을 보았다.

이에 변길이 말 위에서 말했다.

"두 장군께 아룁니다. 인마는 왼쪽 길로 가야지 깃발 아래로 가서는 안됩니다. 이 깃발은 다른 보물들과는 좀 다릅니다."

예길이 명했다.

"앞으로 곧장 지나가서는 안된다."

군사들은 왼편 길로 가서 자아진영 앞에 이르렀다. 이를 본 자아의 파수병이 진영으로 들어와 보고했다.

"관 안의 대부대가 늘어서서 대왕과 원수께 회답을 청하고 있습니다."

"이미 대왕께 회답을 청했으니 반드시 깊은 뜻이 있을 것이다."

자아가 중군의 관리에게 명하여 대왕께 속히 진영으로 납시기를 청했다. 그런 한편 자아는 또 명을 전했다.

"포를 쏘고 함성을 질러라!"

　　보독기가 흔들리며 영문이 열리더니 북과 뿔피리가 일제히 울리며 서주진영의 인마가 나갔다. 등곤과 예길 두 군후가 말 위에서 자아가 출영하는 것을 보았는데, 위풍이 당당하고 살기가 등등한 것이 보통이 아니었다. 또 삼산오악의 문도들이 한쪽에 질서정연하게 늘어서 있는 것도 보였다.

　　붉은 비단우산 아래에는 주나라 무왕이 소요마를 타고 있었고, 그 좌우로 네 현인과 여덟 명의 준걸이 나누어 서 있었다. 가히 무왕이 보여주는 타고난 천자의 의용은 비범하기 이를 데 없었다.

　　등곤과 예길 두 군후가 말 위에서 크게 외쳤다.

"지금 온 자는 무왕과 자아인가?"

"그렇소."

　　자아가 대답히고 되물어 말했다.

"두분 공은 누구신가?"

　　등곤이 말했다.

"우리는 등곤과 예길이다. 자아, 그대는 한번 생각해 보라. 서주는 인의예지와 사유四維 즉 예·의·염·치로써 보국하지 않고 멋대로 외람되이 왕호를 칭했다. 또 은밀히 반란을 일으켜 천자의 군대에 거역했으며 병사들을 죽이고 장수들을 쓰러뜨렸으니 그 죄는 참으로 용서받을 수 없도다. 이제 또 방자하게 날뛰면서 군왕을 기만했으며 패역무도하게 천왕의 강토를 침입하여 점거했으니 대체 어찌하려는가! '온 천하에 왕의 신하 아닌 자가 없다'는 말은 생각지도 않을 뿐 아니라 감히 천하 후세의 인심을 현혹하고 있도다."

예길도 대왕을 가리켜 말했다.

"그대의 선왕은 평소에 덕있는 자로 칭송받았다. 비록 유리땅에 7년 동안 유배되어 있었지만 한 마디 원망도 하지 않았고 끝내 신하의 절개를 지켜 천자로부터 사면을 받아 귀국했다. 또한 천자께서 황월과 백모를 하사하여 오로지 정벌에만 주력케 했으니 그 넓은 은혜와 깊은 덕택은 가히 두텁다고 할 것이다. 그대들은 마땅히 세세토록 보답해야 할 터인데 그 만분의 일도 갚지 아니했다. 지금 그대의 부친이 돌아간 지 얼마 되지도 않았는데 강상의 망언만 믿고서 무기를 들어 명분도 없는 군사를 일으켜 대역죄를 범했다. 이는 스스로 조종祖宗과 사직을 멸하는 화를 초래하는 것이다. 지금이라도 내 말을 듣고 속히 무기를 버리고 관에서 물러나 스스로 죗값을 기다리고 있으라. 그리하면 죽음은 면할 수 있으리라. 그렇지 않으면 천자께서 크게 노하시어 친히 6사師를 이끌고 하늘의 정벌을 시행하실 것이니, 그대들은 한 사람도 명을 잇지 못하리라."

자아가 웃으며 말했다.

"두분 현명하신 군후께선 상도常道를 지키려는 말만 아시고 때에 맞는 말은 모르시는군요. 옛말에 '천명은 정해진 것이 아니니, 다만 덕이 있는 자가 거기에 거한다'고 했소이다. 지금 천자는 잔인무도하고 흉포함에 빠져 대신들을 죽이고 국모를 주살했으며 자식들을 버렸소. 천지에 제사도 지내지 않고 종묘에도 제사지내지 않는지라, 신하들이 그것을 본받아 작당하여 원수를 만들고 백성들을 해치니 죄없는 자들이 하늘에 호소하고 있소. 또 덕을 더럽힘을 멀리서도 알 수 있고, 죄는 가득 차고 악은 넘치고 있소. 하늘이 진노하여 우리 주나라에 특명을 내려 하늘의 징계를 받들어 시행케 한 고로 천하 제후들이 서로 서주를 섬기며 맹진에 모여 상商땅의 성치를 살피려는 것이오. 그대들 두 군후는 아직도 혼미한 가운데 깨닫지 못하고 다만 입과 혀로써 서로 다투는 것뿐이오. 내가 살피건대 두 군후께서는 객이 누가 주인인지를 깨닫지 못하는 것과 같소. 이제 속히 우리 편이 되어 어두움을 버리고 밝음에 투신하여 봉후의 지휘를 잃지 않는 것이 마땅하리다. 속히 결단하기를 바랍니다."

등곤이 크게 노하여 변길에게 명했다.

"저 늙은이를 잡아들여라!"

이에 변길이 말을 타고 창을 휘두르며 나가자, 자아의 곁에 있던 조승趙昇이 쌍칼을 휘두르며 달려나갔다. 두 사람이 맞붙어 싸우고 있는 사이에 예길이 칼을 들고 찌르며 나왔다. 이쪽 편에선 손염홍이 도끼를 메고 저지했다. 무길도 말을 달려와 싸움을 도왔다.

그러자 한쪽에서 살피던 나타가 머리 셋에 팔 여덟의 모습을 드러내고 돌진하니 그 기세가 장관이었다. 등곤은 나타가 머리 셋에 팔 여덟의 괴이한 모습으로 출현하자 혼비백산하여 황급히 도망하면서 명했다.

"징을 울려 병사들을 후퇴시키라."

이에 여러 장수들은 각기 싸움을 멈췄다.

등곤은 회군하여 관으로 돌아온 뒤 전에 앉았다. 구양순과 변길 등은 모두 강상의 용병이 뛰어나 장군들은 용감하고 병사들은 사나우며 문하에는 또 허다한 삼산오악의 도술사들이 있어서 승리하기 어렵다고 말하면서 각자 탄식해 마지않았다. 구양순은 술자리를 베풀어 두 군후와 장군들을 위무했다. 이윽고 밤이 되어 각자 숙소로 돌아갔다.

다시 등곤은 곰곰이 생각해 보았다.

'지금에 이르러 천시가 이미 서주로 돌아갔고 천자는 황음무도하니 얼마 가지 못할 것이다. 하물며 황비호는 내 처조카인데 이곳에 갇혀 있으니 그 사실이 내 팔목을 잡아끄는구나. 어찌해야 하는가! 주나라 무왕의 공덕은 날로 성하여 용봉의 자태와 태양의 징표를 지니고 있으니 진실로 천운에 맞는 군주로다. 또 자아는 용병에 뛰어나며 문하엔 도술객들이 즐비하니 천자를 위하여 어찌 이 관을 오래도록 지킬 수 있겠는가? 서주에 귀의하여 천시에 순응하는 것이 좋을 텐데, 예길이 따르지 않을까 걱정되니 어찌해야 할꼬! 내일을 기다렸다가 말로써 그를 유인해 의사가 어떠한지 떠보는 것이 순서겠다.'

이런저런 생각에 밤이 깊었다.

한편 예길은 무왕의 진을 보고 관으로 돌아온 이후 비록 술을 마시기는 했지만 마음속으로는 암울한 생각에서 벗어날 수 없었다.

'사람들마다 무왕이 유덕有德하다고 했는데 과연 그 기세와 품성이 범상치 않았도다. 자아도 용병에 능하다고 하더니 그 문하에 과연 기이한 선비를 두루 갖추고 있도다. 지금 천하를 삼분해 본다면 그 중 둘이 서주에게 돌아갔으니 어찌 이 관을 지킨단 말인가! 관을 바치고 항복함으로써 전쟁의 고통을 면하는 것이 낫겠다. 다만 등곤의 심사가 어떤지 모르겠으니 천천히 한번 말을 건네 보아 그를 탐색하면 알 수 있겠지.'

이같이 두 사람은 마음속으로 똑같은 생각을 하고 있었다. 다음날이 되어 두 군후가 전에 올라앉자 여러 장수와 관리들이 군례를 올렸다. 예를 마치자 등곤이 말했다.

"관 안에는 장군도 적고 병사도 미비한데 어제 저쪽 진영에 가보니 과연 강상은 용병술이 뛰어나고 그를 돕는 자는 모두 도술사였소. 국사가 이렇게 어려우니 이 일을 어찌하면 좋겠소?"

변길이 말했다.

"국가의 흥성은 호걸들의 보좌함에 있지 어찌 사람의 과다에만 있겠습니까?"

이에 등곤이 말했다.

"변 장군의 말이 비록 옳기는 하지만 지금 당장의 어려움을 어찌해야 하는가 말이오?"

이에 변길이 말했다.

"지금 관 밖에 깃발이 있어 서주군을 저지하고 있으니 생각건대 강상이 이곳을 지날 수는 없을 것입니다."

예길은 이 두 사람의 말을 듣고 심중에 스스로 헤아

렸다.

'등곤도 이미 서주에 귀의할 생각이 있구나.'

어느덧 저녁이 되어 몇 차례 술을 주고받은 뒤 각자 처소로 흩어졌다. 등곤이 심복을 시켜 예길에게 환담을 청했다. 예길은 전갈을 받고 흔쾌히 왔다. 두 군후는 손을 잡고 밀실에 이르러 서로 먼저 들기를 권했다. 좌우 수하들이 촛불을 켜었다.

두 군후는 마주앉아 잔을 돌렸다. 몇 순배 술잔이 돌았다. 그럼에도 밀실 안 두 군후는 피차 마음을 열지 못했다.

한편 자아는 계책을 세워 관을 탈취하고자 했으나, 그놈의 깃발이 그때마다 길을 막았다. 다른 길을 찾고자 해도 관 안의 지형을 알지 못했다. 더구나 황비호 등마저 잡혀갔고 또 달리 구할 계책도 없었다. 그러다 문득 토행손을 떠올리고는 바로 그를 불러 분부했다.

"너는 오늘밤 관 안으로 들어가서 조용히 탐색하되, 유리한 정보를 놓치지 말고 캐내 오너라!"

토행손은 명을 받자 곧 정신을 집중하고 있다가 초경 쯤 되어 관 안으로 들어갔다. 먼저 감옥으로 가서 남궁괄 등 세 사람을 살폈다. 토행손이 보니 파수꾼이 아직

잠들지 않아 함부로 행동할 수 없었다.

조용히 앞쪽으로 나가니 등곤과 예길 두 군후가 방 안에서 술을 마시고 있었다. 토행손은 땅속에서 귀를 기울여 그들이 무슨 말을 하는지 들어보았다. 마침 등곤은 좌우 수하를 물리치고 예길에게 웃으며 말했다.

"현제, 우리 농담 한번 해봅시다. 앞으로 서주가 흥하게 될지, 아니면 은나라가 흥하게 될지 말해 보시오. 그대와 나의 사사로운 논의이니 재미삼아 각자 자기의 견해를 말하도록 합시다. 엿듣는 사람은 아무도 없을 것이니 행여 염려할 필요는 없지요."

예길 또한 웃으며 말했다.

"현형께서 물으시지만 동생된 제가 어찌 감히 말하지 않으려 하겠습니까? 그러나 소제의 식견이 부족하니 말할 바가 있어도 감히 말씀드리지 못하겠고, 또 만약 모호하게 응답하면 현형께서 저를 쓸모없는 자라 웃으실 터이니 차라리 입을 다무는 편이 낫겠습니다."

이에 등곤이 웃으며 말했다.

"나와 현제는 비록 성이 다르지만 정은 골육과 같소. 지금 그대가 입으로 말하면 바로 내 귀로 들어올 뿐인데 어찌 본심을 말하지 않으시오? 아우는 꺼려하지 마시오!"

"대장부가 동심지우同心之友와 더불어 천하를 이야기하

는데, 만약 눈을 밝히고 가슴을 열어 의견을 말하지 않는다면, 어찌 천하의 장부라 하겠습니까? 저의 어리석은 식견을 감히 말씀드리겠습니다. 우리가 비록 칙명을 받들어 관을 지키는 일을 돕고 있지만 천심과 민의에 억지로 역행하는 것은 아닐는지요. 이 어찌 백성들이 바라는 바이겠습니까? 지금 주상께서 덕을 잃었으므로 4해가 나뉘어 무너지고, 제후들은 반란하며 현명한 군주를 사모하고 있으니, 천하의 일은 점치지 않아도 가히 알 수 있습니다. 더욱이 주무왕의 어진 덕은 사해에 널리 퍼져 있고, 강상은 현명함과 뛰어난 능력으로 국무를 보좌하고 있습니다. 또 삼산오악의 도문이 돕고 있어, 서주는 날로 강성해지지만 은나라는 날로 쇠약해지고 있습니다. 장차 은나라를 이어 천하를 소유하는 자는 주무왕이 아니면 누구이겠습니까? 지난번 맞붙어 싸워보니 그 규모와 기세가 범상치 아니했습니다. 그러나 우리들은 나라의 후한 은혜를 받았으니 다만 죽음으로써 보국하여 그 직분을 다해야겠지요. 현형께서 물으신 까닭에 감히 사실대로 고할 뿐입니다. 그밖의 것은 모르겠습니다."

예길이 말을 마치자 등곤이 웃으며 말했다.

"현제의 의론은 사려 깊은 지모와 식견을 족히 보여주는 것이니 소인배는 미치지 못하는 바이오. 다만 때를 만나지 못하고 올바른 임금을 얻지 못한 것이 안타깝군요. 앞으로 은나라가 주나라에게 사로잡힌다면 나와 현제는 헛되이 죽을 뿐이오. 이 우둔한 형이야 마땅히 초목과 더불어 썩겠지만, 현제는 옛 사람들이 말한바 '훌륭한 새는 나무를 가려 깃들고 현명한 신하는 임금을 택하여 섬긴다'는 것처럼 현제의 재주를 펼쳐보지도 못할까 그것이 안타깝소."

말을 마치고 탄식해 마지않았다. 이에 예길이 등곤의 속마음을 이미 짐작하여 웃으며 말했다.

"제가 형의 뜻을 살펴보니 형께서 주나라로 귀의할 생각이 있어 저를 탐색해 보는 것이로군요. 저도 그러한 마음을 지닌 지 오랩니다. 형께서 서주에 귀의할 뜻이 계시다면 저도 함께 따르기를 원합니다."

등곤은 황급히 몸을 일으켜 그를 위안하며 말했다.

"재능이 비루하다면 모르겠거니와 신하로서 하지 못할 마음을 품는 것이 천명과 인심에 반하는 것이 아닌 한 결코 생각이 헛되지 않을 것이오. 앞날을 점쳐 보건대 끝내 좋지 않은 결과로 헛되이 죽게 될 뿐이오. 이미 현제가 이러한 마음을 가지고 있으니, 이것이 바로 '두 사람이 한마음이면 그 날카로움이 쇠를 자른다'는 경우요. 다만 실행할 방도가 없으니 어찌하면 좋겠소?"

"천천히 심사숙고해 보면서 기회를 잡아야지요."

예길이 이렇게 대답했으니 바야흐로 두 사람의 의기가 투합했다. 토행손은 땅 밑에서 등곤과 예길의 대화를 상세하게 듣고서 기쁨을 이기지 못하며 생각했다.

'이때를 틈타 그들을 만나는 것이 좋겠다. 내가 이렇게 관에 들어왔으니, 두 제후를 이끌어 주나라에 귀의하도록 하면 그 공이 크지 않겠는가?'

그리하여 토행손이 땅을 뚫고 올라와 현신했다. 두 군후가 깜짝 놀랐으나, 토행손은 그들이 미처 소리 지를 틈도 없이 앞으로 나아가 말했다.

"현명하신 두분 군후께서 하시는 말씀은 이미 들었지요. 말씀대로 무왕께 돌아가시고자 한다면 제가 두분을 인도하죠."

등곤과 예길 두 군후가 놀라 바라보니 처음 보는 왜소한 이인인지라 너무 놀라 아무 말도 하지 못했다. 토행손이 다시 말했다.

"두분께선 놀라지 마세요. 저로 말할 것 같으면 강 원수 휘하의 이운독량관 토행손이라 합죠."

등곤과 예길 두 군후는 그제야 정신을 혼미했다가 깨어난 듯 물었다.

"장군께서는 이 깊은 밤에 어찌하여 오셨소?"

이에 토행손이 대답했다.

"현명하신 군후님들께 숨김없이 말씀드리죠. 저는 강원수의 명을 받잡고 관내 지형을 탐색하려고 왔습니다. 제게 지행술이 있어 들어왔다가 마침 땅속에 있었는데, 두 분 군후께서 서주로 귀의할 뜻은 있으나 방도가 없어 안타까워하는 것을 들었습죠. 때문에 감히 경망스럽게도 놀라게 해드렸으나 그게 죄가 되지는 않겠죠? 하지만 진실로 주나라에 귀의하고자 하신다면 제게 앞장서도록 양보해 자리를 주시죠. 저희 원수께서는 겸손하여 선비들에게 스스로를 낮추는 분이시니, 행여 두 분 군후의 훌륭하신 뜻을 어찌 죄로 삼겠습니까?"

말을 들은 두 군후는 기쁨을 이기지 못하여 황급히 나아가 예로써 말했다.

"장군이 온 줄을 몰라 맞이하는 데 실례가 컸으니 바라건대 용서하시오."

등곤은 다시 토행손의 손을 잡으며 탄식하여 말했다.

"대저 주무왕께서 인자하고 성스러운 까닭에 그대를 비롯하여 고명한 선비들이 충성을 다하여 보필하는 것이오. 우리 두 사람은 어제 진영에 나갔을 때, 무왕과 강상이 모두 성덕지사盛德之士이며 천하가 머지않아 서주에게로 돌아가리라는 것을 알았소. 오늘 관으로 돌아와 현제 예길과 더불어 상의하다가 뜻하지 않게 장군을 만나게 되었으니 실로 우리 두 사람의 행운이오."

"일은 지체없이 행하셔얍죠. 장군께서 편지 한 통을 써주시면, 제가 가지고 가서 강 원수께 먼저 알린 연후에 장군들께서 기회를 잡아 관을 바치길 기다렸다가 응대토록 하는 것이 사리에 합당할 듯하구먼요."

등곤이 황급히 등불 아래로 가서 글을 써서 토행손에게 주며 말했다.

"번거롭겠지만 장군은 강 원수께 보고하여 방법을 강구토록 하시오. 관을 취하는 일은 조만간 장군께서 다시 관에 오셔서 상의합시다."

토행손은 예를 올리고 몸을 한번 비틀자 그림자도 없고 형체도 없이 사라졌다. 두 군후는 눈을 휘둥글리면서 감탄해 마지않았다.

"과연 서주에는 신출귀몰하는 재사들이 많소이다."

두 군후는 기쁨을 감추지 못했다.

토행손이 중군에 돌아오니 이미 새벽녘이었다. 자아는 여전히 뒤쪽 군막에서 토행손의 소식을 기다리고 있었다. 홀연히 토행손이 면전에 나타나니 자아가 급히 물었다.

"관에 들어간 일은 어찌되었는가?"

"제자가 명을 받고 관에 들어가니 세 장군은 여전히 감옥에 있었는데, 간수가 잠을 자지 않고 있어 어찌 손을 쓸 수가 없었구먼요. 다시 가다가 등곤과 예길 장수가 있는 밀실 밑에 이르렀는데, 마침 두 제후는 서주로 귀의할 것을 의논하면서 방법이 없음을 한탄하고 있었습죠. 그래서 제가 그들 앞에 몸을 드러내니 그분들이 크게 기뻐하며 이 서신을 바치라 해서 이렇게 바칩니다요."

토행손이 말을 마치자 자아는 서신을 받아 불빛 아래에서 읽어본 다음 크게 기뻐했다.

"이는 실로 대왕의 홍복이로다! 다시 계책을 세우고 소식을 기다리자."

토행손은 군막으로 돌아갔다.

한편 등곤과 예길은 다음날 전에 올라 여러 장수의 아침인사를 받았다. 등곤이 말했다.

"우리 두 사람은 이 관을 지키며 서주군을 물리치라는 책명을 받았는데, 어제의 회전에서 자웅이 가려지지 않았으니 이 어찌 대장의 할 바이겠소? 내일 군대를 정렬하여 한 판에 서주군을 물리치고 속히 표문을 보내 복명하는 것이 내가 바라는 바이오."

이에 구양순이 말했다.

"현명하신 군후의 말씀이 옳습니다."

그날은 병마를 정돈하면서 하루가 지나갔다.

다음날 등곤이 사졸을 점검하고 포성을 울리자 인마들이 관을 출발하여 서주진영에 이르러 싸움을 걸었다. 등곤은 유혼백골번이 길 가운데 세워져 있는 것을 보고 속으로 생각했다.

'이 깃대가 장애로구나! 내가 이것을 치워 강상으로 하여금 우리의 굳은 뜻을 알게 하리라.'

그런 다음 변길에게 황급히 명했다.

"이 깃대를 치워버려라."

변길이 크게 놀라며 말했다.

"현명하신 군후께 아룁니다. 이 깃발은 매우 중요한 보물입니다. 서주병사들이 이곳에 오지 못하는 것은 이것 때문입니다. 이 깃발을 치우면 임동관은 끝장입니다."

그러자 옆에서 예길이 말했다.

"우리는 조정의 황명을 받잡고 파견된 관리들인데도 도리어 좁은 옆길을 택하고 그대는 일개 부장일 뿐인데 가운뎃길로 가니, 서주병사들이 이것을 보면 우리를 가소롭게 여길 것이네. 또한 승리를 위한다지만 천군의 위엄이 없다고 여길 것이 아니겠는가? 마땅히 이 깃발을 치워야 하네."

변길이 혼자 생각했다.

'만약 이 깃발을 치우면 적을 이기지 못할 것이 걱정이지만, 또 치우지 않으면 저들은 은나라의 장군이니 내가 어찌 대들 수 있겠는가? 지금 이미 부친의 원수는 갚았으니 어찌 부적 하나를 아끼겠는가?'

이에 변길이 몸을 굽혀 예를 표하며 말했다.

"두분 현후께서는 반드시 깃대를 치우지 않아도 되오니, 잠시 관에 드시면 아무 장애없이 깃발 아래로 통과하실 수 있게 만들겠습니다."

등곤과 예길 두 군후가 관으로 들어가니, 변길은 급히 세 개의 영부(靈符)를 그려 등곤과 예길에게 하나씩 주면서 그들의 두건 안쪽에 붙이게 했다. 구양순은 그것을 투구 안에 넣었다. 다시 출관하여 이들이 깃발 아래를 지나는데 평상시와 같았다. 두 군후는 크게 기뻐하며 서주 진영에 이르러 군정관에게 말했다.

"너희 주장에게 나와서 응답하라고 보고하라."

초병이 중군으로 들어가 보고하니 자아가 급히 여러 장군을 영솔하여 출영했다.

등곤이 크게 외쳤다.

"자아, 오늘 너와 함께 자웅을 가리겠노라!"

이에 말을 달려 진영으로 짓쳐왔다. 자아의 뒤편에 있던 황비표黃飛彪와 황비표黃飛豹의 두 말이 나아가 등곤과 예길의 두 장군과 접전했다. 네 마리 기마가 서로 교전하며 한창 싸움이 무르익었을 때, 변길이 더 이상 보지 못하고 크게 소리 질러 말했다.

"소장이 가서 도울 터이니 두 군후께서는 두려워 마소서!"

이쪽에서 무길이 출진하여 맞붙어 대전을 벌였다. 그러다가 변길은 말을 몰아 깃발 아래로 달려갔다. 무길은 더 이상 쫓지 못했다. 자아는 등곤과 예길 두 군후가 싸우는 것을 보다가 급히 징을 울리도록 명하니 양편이 각자 회군했다.

자아는 등곤과 예길 등 네 장군이 깃발 아래로 통과하는 것을 보고 이상하게 생각했다. 진영에 들어가 앉아 잠시 생각했다.

'예전에는 변길 한 사람만 지날 수 있었고 다른 사람들은 정신을 잃곤 했는데, 오늘은 어떻게 네 사람이 함께 깃발 아래를 지날 수 있었을까?'

토행손이 말했다.

"원수께서 궁금해 하시는 것은 저 깃발 아래로 네 사람이 어떻게 지났느냐 하는 것이지요?"

"바로 그렇다."

자아가 말하자 토행손이 대답했다.

"그것이 뭐 어렵겠습니까? 제자가 오늘 다시 관 안으로 들어가 두분 군후를 만나 그 이유를 알아오겠습니다."

자아가 크게 기뻐하며 말했다.

"속히 다녀오도록 하라."

초저녁 무렵에 토행손은 관으로 들어가 등곤과 예길의 밀실에 이르렀다. 두 군후는 토행손이 이른 것을 보고 크게 기뻐하며 말했다.

"공이 오기를 진실로 바라고 있었소. 그 유혼백골번이라 부르는 깃발은 어찌 해볼 도리가 없었소. 오늘 우리 두 사람이 변길을 닦달했더니 그가 어떤 부적을 우리의 모자에 붙였는데, 그러고 나서 깃발 아래를 지나가니 아무 일이 없었소. 그대는 이 부적을 강 원수께 바쳐 속히 진군하라 하시오. 우리에게 이 관을 바칠 계책이 있소이다."

토행손은 그 부적을 받아가지고 두 제후에게 인사한 뒤 진영으로 돌아왔다. 자아를 만나 그 일을 갖추어 보고하자, 자아는 크게 기뻐하며 자세히 살펴보고서 이미 그 부적의 묘결을 알게 되었다. 그는 주사(昧砂)로 여러 장군에게 부적을 그리라고 분부했다.

澠池縣五岳歸天

면지현에서 오악이 하늘로 돌아가다

 자아는 장차 쓸 부적을 완성해 놓고 군정관에게 북을 치라 분부하니 장군들이 막사로 와서 자아를 배알했다. 자아가 말했다.

 "여러 장군들은 각자 이 부적을 하나씩 받아 투구 안이나 머릿속에 감추어 두시오. 내일의 전투에서 장군들은 변길이 패주할 때를 기다렸다가 먼저 쫓아가서 그의 백골번白骨旛 깃발을 뺏도록 하시오. 그런 연후에 그의 관새를 공격하면 반드시 공을 이룰 것이오."

 여러 장군들이 자아의 명령을 받들어 부적을 하나씩

받고서 기뻐하지 않는 자가 없었다. 이튿날 자아의 대군이 진영을 나가 멀리 관문 위를 가리키며 싸움을 걸었다.

기마척후병이 보고하자 등곤와 예길은 변길에게 출정명령을 내렸다. 변길이 그 명을 받들어 보무도 당당하게 관문을 나섰다. 그렇지만 그는 천운이 이미 주나라로 기울었음을 알지 못했다.

변길은 말을 타고 관문을 나와 곧장 백골번 밑으로 가서 크게 소리쳐 말했다.

"자아! 오늘은 기필코 너를 잡아 공을 이루리라!"

그는 말을 내달려 갈래창을 겨누면서 자아를 향해 곧장 달려들었다. 그러자 좌우의 한 무리 대소 장군들이 쏜살같이 달려 나가 변길을 포위했다. 북소리가 일제히 울리며 사방에서 함성이 일어나니 어지럽게 연기가 피어오르고 살기가 충천했다.

변길은 서주장군들의 포위를 빠져나올 수 없게 되자 창을 들어 조병의 어깨를 타격했다. 그러자 조병은 번개같이 이를 피했다. 변길은 이 틈에 재빨리 적진을 빠져나와 깃발 아래로 패주했지만, 주나라 장군들이 주저없이 그를 뒤쫓았다. 변길은 이미 사정이 누설되었음을 모르고 도리어 자아를 사로잡는다는 망상을 하며 기뻐했다.

'어리석은 자들이 눈앞에 닥친 운명도 모른 채 달려

오는구나. 오냐, 어서 이리로 들어오기만 해라!'

그는 다시 투구를 고쳐쓰고 말머리를 돌려 기회를 엿보고 있었다. 서주장군들이 망설임 없이 깃발을 지나 쏜살같이 달려오는 것이 보였다. 그러나 한 사람도 쓰러지는 자가 없었다.

변길은 너무나 놀라 생각했다.

'이는 하늘이 성탕의 사직을 버리려 하심이구나. 왜 이 보물이 영험을 발휘하지 않는가?'

그리하여 변길은 더 이상 싸울 엄두를 내지 못하고 관문으로 들어와 문을 닫아건 뒤 출정하지 않았다. 자아도 더 이상 그를 뒤쫓지 않고 장수들에게 우선 그 깃발을 거두도록 명했다. 이에 위호가 항마저로 간단히 그 깃발을 쓰러뜨렸다.

변길은 관으로 들어와 등곤과 예길을 만났다. 그는 여전히 두 사람이 이미 서주에 귀순했으며 빌미를 잡아 자신을 처치하려 한다는 것을 모르고 있었다. 변길이 계단 아래에 이르자 예길이 말했다.

"오늘은 변 장군이 몇 명의 서주장수들을 사로잡아 오셨는가?"

변길이 말했다.

"오늘 소장이 싸움에 임했을 때 서주진영에서 10여 명의 대장들이 나와 포위했습니다. 제가 한 대장을 찌르고 그 틈에 도망쳐 깃발 아래로 들어와 유인하여 사로잡으려 했으나, 어찌된 연고인지 서주장수들이 곧장 앞으로 무리지어 나와서는 모두 깃대 아래를 지나쳤습니다. 이는 곧 하늘이 성탕을 버리고자 함이지 소장이 이기지 못한 죄가 아닙니다."

예길이 껄껄 웃으며 말했다.

"지난날에는 세 명의 장수를 사로잡았으니 이 깃발의 영험은 분명한데, 오늘은 어찌하여 깃발이 있는데도 지난번 같은 결과가 없었는가?"

등곤이 나서며 크게 성을 내며 말했다.

"이제 다른 말 할 것 없다. 그대는 관내의 병사가 미약하고 장수가 부족한 반면 서주의 세력이 강함을 보고 스스로 이 관을 고수할 수 없다고 생각해 서주진영과 사통했던 것이 아닌가? 거짓으로 싸우는 척하면서 서주장수들을 끌어들여 이 관을 바치려는 것일 따름이겠지. 다행히 군사들이 즉시 관문을 닫아 적의 계책이 이루어지지 않았지만, 그렇게 하지 않았으면 우리는 모두 포로가 되었을 것이다. 이런 역적을 남겨두면 끝내 후환이 될 것이다."

그리하여 변길이 미처 변명할 기회도 주지 않고 무사

들에게 명했다.

"목을 베어 매달아 대중에게 보이라!"

가련한 변길은 영문도 모른 채 좌우의 측근에게 끌려나갔다.

"억울합니다, 진정 억울합니다!"

변길이 눈물을 뿌리며 자신의 결백을 호소했으나, 감히 나서서 간언하는 자가 없었다. 곧 그는 원수부에서 끌려나와 단칼에 참수되었다.

구양순은 연고도 모른 채 변길이 참수당하는 것을 보고 어안이 벙벙했다. 그때 등곤과 예길이 구양순에게 말했다.

"변길은 천명을 모르고 고의로 군기軍機를 누설했으니 참수해야 마땅하오. 이제 우리 두 사람은 사실을 장군께 말씀드리겠소. 지금 바야흐로 성탕의 기운이 끝나려 함에 군주는 황음무도하여 민심이 이미 떠났으며 천명도 돕지 않고 있소. 천하제후들이 주나라로 귀의한 지 이미 오래인데 이 관만이 막고 있을 뿐이오. 지금 관중에는 서주군을 막을 만한 대장도 없으니 끝내 지킬 수 없음은 자명한 일이오. 그러니 우리와 장군이 이 관을 주무왕에게 바치고 무도한 천자를 함께 치는 것만 같지 못하오. 이는 바로 '천리를 따르는 자는 창성하고 천리를 거스르는 자는 망한다'는 이치요."

구양순은 뒤통수를 맞은 듯 어안이 벙벙하여 눈만 끔벅였다.

"또한 서주진영의 장수들은 모두 도술을 부릴 줄 아니 우리들은 그들의 적수가 못되오. 진실로 우리와 당신이 어려움을 당한 임금을 위해 마땅히 죽어야 할 것이나, 그는 천하가 함께 버린 무도한 임금일 뿐이오. 우리가 헛되이 죽어보았자 얻을 이익이 무엇이겠소? 장군은 깊이 생각해 보기 바라오."

구양순은 그제야 전후사정을 짐작하고 크게 노하여 말했다.

"임금의 녹을 먹으면서 그 은혜에 보답할 생각은 아니하고, 도리어 관을 들어 적에게 항복하려 하는구나. 비겁하게 변길을 죽이다니, 네놈들은 진정 개돼지만도 못하구나! 나 구양순은 목이 잘리고 몸뚱이가 부서지는 한이 있더라도 이 마음 결코 성탕의 은혜를 저버리지는 않겠다. 은혜를 저버리고 의리를 배반하기를 밥 먹듯이 하는 도적놈들 같으니!"

등곤과 예길은 큰소리로 꾸짖어 말했다.

"지금 천하제후들이 모두 주나라에 귀의했으나 그들 모두를 성탕의 은혜를 저버린 자들이라 말할 수는 없다.

이는 단지 천자가 백성을 학대하고 도탄에 빠뜨렸기 때문이다. 주무왕이 흥기하여 백성을 위로하고 죄있는 관리를 벌주는데, 네가 어찌 그를 반역자라 칭할 수 있겠느냐? 참으로 천시를 알지 못하는 필부로구나!"

구양순이 크게 소리쳐 말했다.

"폐하께서 간사한 네놈들을 잘못 등용하여 도리어 이런 꼴을 당하는구나! 내가 먼저 너희 역적 놈들부터 죽여 임금의 은혜에 보답하리라!"

칼을 뽑아들고 등곤과 예길을 치려 했다. 두 군후도 역시 칼을 뽑아 대적하여 전 위에서 일대 접전이 벌어졌다. 두 사람이 구양순과 대적하니 구양순이 어찌 감당해 낼 수 있겠는가? 예길은 한 마디 고함을 지르며 구양순을 단칼에 쓰러뜨리고 그의 머리를 베어 성 문에 매달았다. 그런 다음 좌우에게 명하여 서주의 세 장수를 감옥에서 풀어주게 했다.

황비호가 전으로 오르니 이모부 등곤이 보였다. 두 사람은 서로 만나 크게 기뻐하며 각자의 심정을 털어놓았다. 예길이 명을 내렸다.

"속히 가서 관문을 열어라."

그리하여 세 장수를 먼저 내보내 주나라 진영에 이 소식을 전하게 했다. 이들이 서주진영의 대군영 밖에 이르자 군정관이 중군에 들어가 보고했다. 자아는 크게 기뻐하며 황망히 이들을 막사 안으로 맞아들였다. 세 장수가 중군에 이르러 서로 예를 마치자, 자아는 상세하게 안부를 물었다. 그때 전령의 보고가 들어왔다.

"등곤과 예길도 대군영 밖에 이르러 명을 기다리고 있습니다."

자아가 명했다.

"어서 드시게 하라."

두 제후가 중군에 이르니 자아가 자리에서 내려와 맞이했다. 두 군후가 절을 마치자 자아는 그들을 어루만져 위로하며 말했다.

"오늘 어진 군후들께서 주나라에 귀의하셨으니, 참으로 어진 신하가 참된 군주를 택하는 지혜를 잃지 않으셨습니다!"

두 군후가 말했다.

"청컨대 원수께서 관내로 들어가시어 백성들을 위무하십시오."

자아가 명을 내려 인마를 재촉하여 관내로 들어갔다. 대왕도 역시 수레를 타고 뒤따랐다. 대군이 나아가며 환호하니 백성들이 크게 기뻐했다. 대왕이 원수부에 이르러 호적과 문서들을 조사하니, 관내의 백성들은 양을 끌고 술통을 메고 와서 서주군을 맞이했다.

주나라 대왕은 전 앞에 주연을 베풀 것을 명하고 동정을 나선 대소장수들을 환대하는 한편 삼군을 위로하고 포상했다. 만백성과 대소장수와 삼군 모두가 대왕의 성은에 감사드리며 크게 기뻐했다. 이로써 서주군을 가로막던 5관이 모두 서주의 수중에 들어가게 되었다.

며칠을 머문 뒤 자아가 명을 내렸다.

"병사를 일으켜 면지현으로 전진하라."

명을 받든 군대가 먼지바람을 크게 일으키며 곧바로 전진했다. 길 위에는 붉은 깃발이 나부끼고 인마가 호응하니 위용이 참으로 장엄했다.

하루도 지나지 않아 기마척후병의 보고가 들어왔다.

"원수께 아뢰오. 선행부대가 면지현에 도착했으니 명을 내리소서."

"진영을 구축하고 주둔하라."

포를 울리고 함성이 요란했다.

한편 면지현의 총병관 장규張奎는 주나라 병사가 이르렀다는 소식을 듣고 황망히 원수부로 들어갔다. 좌우에 선행관 두 명이 있었는데, 바로 왕좌王佐와 정춘鄭椿으로 그들은 마침 등청하여 장규를 만나려던 참이었다.

장규가 말했다.

"오늘 주나라 병사가 5관을 지났으니 천자의 도읍과는 겨우 강 하나를 사이에 두고 있게 되었네. 다행히도 내가 여기에 있으니 막을 수 있을 것이네."

장규는 좌우에 명하여 대적할 준비를 단단히 하도록 일렀다.

이튿날 자아는 막사에 이르러 장군들에게 출병을 명하고 있을 무렵 갑자기 한 보고가 들어왔다.

"동백후가 파견한 관리가 서신을 갖고 왔습니다."

"들게 하라."

파견된 관리가 서신을 받들어 올리자, 자아가 받아 읽었다. 이윽고 편지를 다 읽고 나서 그는 좌우 측근들에게 말했다.

"지금 동백후 강문환이 구원병을 요청하고 있으니 우리가 필히 병사를 보내야 옳을 듯하오."

옆에 있던 황비호가 답변했다.

"원수의 말씀이 참으로 타당합니다. 천하제후들이 모두 우리 주나라를 우러르는데 어찌 앉아서 구경만 하고 돕지 않을 수 있겠습니까? 원수께서는 마땅히 병사를 파견하여 천하제후들의 마음을 편안케 하십시오."

자아가 좌우를 둘러보며 물었다.

"누가 달려가 유혼관을 격파하겠는가?"

금타와 목타가 몸을 숙이며 말했다.

"제자들이 비록 재주는 없지만 가서 유혼관을 처부수기를 원합니다."

자아가 허락하고 인마를 나누어 두 사람에게 주어 보냈다.

자아는 또 분부했다.

"누가 면지현에 가서 적장의 머리를 취해 올 것인가?"

그 부름에 응하여 남궁괄이 가기를 청하고는 곧 명을 받들어 출영하여 싸움을 걸었다. 장규가 보고를 듣고 두 선행관에게 물었다.

"누가 출정하겠는가?"

왕좌가 가기를 청하여 병사를 이끌고 성문을 나가 군진 앞에 이르자, 남궁괄이 크게 소리쳐 말했다.

"5관이 모두 주나라의 땅이 되었는데 오직 이 손바닥만한 땅만은 왜 일찌감치 바치지 않느냐? 현성을 들어 항복한다면 죽임을 당하는 환란을 면하리라."

그러자 왕좌가 대꾸하여 말했다.

"무지한 놈 같으니! 너희들은 무도하게 반역을 저질렀으니 그 죄악이 차고 넘치는도다. 오늘 스스로 찾아왔으니 저승으로 보내주리라!"

말을 몰고 칼을 휘두르며 다가왔다. 남궁괄이 어우러져 이삼십 합을 싸우다가 칼을 치켜들어 베니, 어이없이 왕좌는 어깨에서 허리까지 비스듬히 두 동강이 나고 말았다. 시뻘건 핏줄기가 땅을 적시며 흘러내렸다.

한편 왕좌가 패했다는 정탐병의 보고가 들어오니 장규의 마음은 속 빈 호두껍데기 같았다. 다음날 또 보고가 들어왔다.

"서주장수 황비호가 싸움을 걸어왔습니다."

정춘이 출정하여 황비호와 20합을 겨루었으나 황비호의 창은 날카로웠다. 황비호가 창을 한번 내지르자 그는 말 아래로 굴러 떨어졌고 단숨에 목이 잘렸다.

정춘마저 실패한 것을 본 장규는 실로 참담했다.

자아는 두 명의 적장을 참수했으므로 서둘러 좌우군사들에게 총공격을 명했다. 여러 장수들의 군사들은 대포를 쏘고 함성을 지르며 성을 향하여 공격해 들었다.

성가퀴에서 지키고 있던 사졸들이 장규에게 보고하자, 장규는 부인 고난영高蘭英과 상의했다.

"지금 하나 남은 성을 지키기도 어려운데 두 장군까지 연달아 잃었으니 어찌하면 좋겠소?"

고난영이 말했다.

"당신의 도술이 또한 막강함을 잊으셨습니까? 거기에다 훌륭한 말까지 있으니 성을 지킬 수 있을 텐데 무엇이 두려운가요?"

장규가 말했다.

"부인은 모르는 말씀이오. 5관의 수많은 영웅들도 모두 그 역적들을 저지하지 못해 저들이 여기까지 이르렀소. 하늘의 뜻을 알 것 같소. 지금도 주상께선 여전히 황음하시니 신하된 자로서 어찌 잠자린들 편할 리 있겠소?"

부부가 의논하고 있는데 또 보고가 들어왔다.

"서주병사들이 성을 공격하여 상황이 위급합니다."

장규는 즉시 칼을 뽑아들고 말에 올랐고 부인은 남아서 진지를 지켰다. 장규가 성문을 열고 선두에서 짓쳐 나갔다. 자아가 맨 앞에 서 있고 그 문하의 장군들이 좌우로 나누어 도열해 있는 것이 보였다.

장규가 큰소리로 말했다.

"강 원수는 어서 나오라!"

자아가 앞으로 나오며 말했다.

"장 장군! 그대는 천의를 아는가? 속히 항복하면 지위를 잃지 않겠지만 깨닫지 못한다면 5관의 예대로 될 것이다."

장규가 웃으며 말했다.

"네놈은 하늘을 거역하고 임금을 업신여겼으나 요행히 도 여기까지 이르렀다. 그러나 오늘 네놈은 죽어 장사도 못 치를 줄 알아라."

자아가 웃으며 말했다.

"천시와 인사는 묻지 않아도 알 수 있으나 그대가 어리석어 깨닫지 못할 따름이다. 이곳에서 조가까지는 몇백 리에 불과하며 강 하나를 사이에 두고 있는데 사방팔방의 제후들이 운집했으니, 이 작은 땅은 손만 대면 취할 수 있거늘 어찌 감히 우리 군사에 항거하려느냐? 이는 바로 무너지는 큰 집을 기둥 하나로 지탱할 수 없는 것과 같으니 그대는 스스로 명을 재촉하지 말라!"

장규가 대노하여 말을 재촉하여 자아를 치려 했다. 뒤에 있던 희숙명과 희숙승 두 왕제가 말을 몰며 소리쳤다.

"하찮은 녀석이 실없이 덤비는구나!"

두 개의 창이 급히 다가오는데 장규도 만만치 않았다. 그는 칼을 빼어들고 두 장수를 맞아 싸웠다.

희숙명 등은 장규가 항복하지 않는 것을 보고 창을 거두고 거짓으로 패주하는 척하다가 말머리를 돌려 장규를 찌르려 했다. 그러나 그들은 장규의 독각오연수獨角烏烟獸라는 말이 매우 기이하여 귀신처럼 빠르다는 것을 모르고 있었다.

장규가 두 장군을 서너 사정거리쯤 보낸 다음 말의 뿔을 한 번 후려쳤더니, 그 말은 한바탕 검은 연기처럼 구름을 날리고 번개를 치듯이 달려왔다.

희숙명은 누군가가 추격해 오는 소리를 듣고 '이때다' 생각했지만, 장규가 이미 바로 뒤에까지 와 있으리라고는 생각하지 못했다. 그 때문에 미처 창을 겨누기도 전에 장규가 휘두르는 단칼에 나가 떨어졌다.

희숙승은 형이 낙마하는 것을 보고 말을 돌려 급히 이르렀지만, 그 역시 장규의 단칼에 온몸이 두 동강이 나고 말았다. 대왕의 금지옥엽 같은 두 왕제는 가련하게도 일순간에 재앙을 당하고 말았다.

자아가 크게 놀라 급히 징을 울려 철군시켰다. 이에 장규도 북을 두드리며 성 안으로 들어갔다. 대왕은 두 동생이 죽었다는 소식을 듣고 얼굴을 가리고 울면서 후영으로 들어갔다. 자아는 넋을 잃고 차마 대왕을 위로하지도 못했다.

"내 잘못이로다! 한번 승리에 너무 자만하여 돌이킬 수 없는 실수를 저질렀도다! 아아, 참으로 애처로운지고!"

자아의 한탄에 한동안 군막 안은 정적이 일었다. 이윽고 자아는 입을 열어 장군들에게 말했다.

"면지는 일개 작은 현에 불과하다고 생각했는데, 도리

어 두분 전하를 잃게 되다니 이 모든 것이 상대를 과소평가한 나의 불찰이오. 참으로 부끄럽기 그지없소!"

여러 장수들이 일제히 말했다.

"원수께서는 자책하지 마소서. 장규의 말은 기이해서 빠르기가 바람과 같아보였습니다. 그러므로 두 왕제께서 미처 손을 쓸 틈도 없이 당하고 만 것입니다."

그때 보고가 들어왔다.

"북백후 숭흑호께서 대군영 밖에 이르러 뵙기를 청합니다."

자아가 명했다.

"모시도록 하라."

숭흑호는 문빙文聘·최영崔英·장웅蔣雄과 함께 막사로 들어와 자아의 대 앞에 이르러 군례를 올렸다. 자아도 황망히 내려와 그들을 맞아들였다. 각자 인사를 끝낸 뒤에 자아가 말했다.

"군후의 병사들이 맹진에 도착하신 지 얼마나 되었습니까?"

숭흑호가 말했다.

"우둔한 제가 스스로 군대를 이끌고 진당관을 취하여 인마가 이미 맹진에 이르렀으며, 군영을 세운 지 수개월이나 되었습니다. 지금 원수께서 여기에 이르셨다는 소식을 듣고 특별히 알현코자 왔습니다. 원컨대 원수께서는 하루 속히 제후들과 만나 무도한 천자를 공벌하십시오."

자아는 기뻐했고 대왕도 슬픔을 잠시 거두고 숭흑호를 만나 치하하여 말했다.

"지난날 군후의 도움을 입어 고계능을 참수했지만, 그 덕을 여태 보답하지 못했소. 늘 잊지 않고 가슴속 깊이 새겨두고 있소이다."

그리하여 피차 겸손과 사양의 말을 나누었다. 자아는 군영에 주연을 벌이라 분부하여 숭흑호 등을 환대했다.

다음날 자아가 막사에서 장수들을 접견하고 있는데 갑자기 보고가 들어왔다.

"장규가 싸움을 걸어왔습니다."

"전날 전하들이 당한 원한을 오늘은 기필코 갚아야 한다. 누가 나가 장규를 대적하겠는가?"

숭흑호가 말했다.

"소장이 이제야 오게 되어 공을 세운 바가 없으니 오늘 마땅히 전공을 세우렵니다."

문빙·최영·장웅도 함께 가기를 청하니, 자아가 크게 기뻐했다. 네 장군은 함께 대군영을 나와 본부의 인마를 받아 배치시켰다. 숭흑호는 금정수金睛獸를 재촉하며 쌍판부雙板斧 도끼를 쥐고서 날듯이 선두에 서서 소리쳐 말했다.

"장규야! 하늘이 보낸 군사들이 이미 이르렀는데 어찌하여 항복하지 아니하고 오히려 감히 멸망을 자초하느냐?"

장규가 대노하여 욕했다.

"의리도 없는 놈! 네놈은 형을 죽여 지위를 도모한 천하에 불인한 도적놈이 아니더냐? 어찌 감히 그 따위 말로 나를 우롱하느냐?"

장규는 말을 재촉하여 곧바로 칼로 치고 들어왔다. 숭흑호도 쌍도끼를 휘두르며 맞아 싸웠다. 문빙도 작살을 흔들며 말을 달려 돌진했다. 최영의 팔릉추八楞鎚 쇠망치는 마치 유성 같았고, 장웅의 조융승抓絨繩 포승줄도 살처럼 날았다. 그리하여 일제히 앞으로 나아가 장규를 포위했다.

한편 자아는 막사에서 황비호가 옆에 서 있는 것을 보고 말했다.

"황 장군, 지금 숭 군후께서 싸우고 있으니 가서서 상황을 살피다가 돕도록 하십시오. 지난날 숭 군후가 장군의 자제를 위해 원수를 갚았던 일을 저버려서는 안될 줄

압니다."

황비호가 진영으로 나오니 네 장군과 장규가 일대접전을 벌이고 있는 것이 보였다.

황비호는 스스로 생각했다.

'내가 관전만 하고 싸우지 않는다면 나의 정리를 드러내지 못하는 것이 되니, 말을 달려 돕는 것이 어찌 아름답지 않으리오?'

황비호는 오색신우를 급히 몰며 큰소리로 말했다.

"숭 군후! 내가 왔소이다."

이는 바로 '오악五岳이 칠살七殺을 만난다'는 것이었다. 무릇 하늘의 운명이란 이미 정해져 있으니 필경 벗어날 수는 없는 일이다. 다섯 장수들이 장규를 둘러싸고 한바탕 큰 싸움이 벌어졌다.

숭흑호의 쌍판부 도끼는 아래위로 날고, 문빙의 탁천차托天叉 작살은 좌우로 비끼며 용맹을 과시했다. 최영의 팔릉추 쇠망치는 유성처럼 넘실대고, 장웅의 오과조五瓜抓 채찍은 매처럼 높이 날았다. 이에 더하여 황비호의 긴 창이 큰 이무기가 구멍에서 나오는 듯 달려드니, 오악의 기세는 참으로 웅장했다.

이렇게 다섯 장군이 싸움터 중앙에서 장규를 포위하고 삼사십 합을 싸웠으나 쉽게 승부가 나지 않았다. 장규는 필사적으로 막아내고 있었다.

숭흑호가 속으로 생각했다.

'공을 세우려고 온 이상 꼭 그와 싸우는 것만이 능사가 아니지 않은가?'

그래서 금정수를 타고 한 바퀴 돌고는 빠져나와 도망치는 척하면서 신앵神鶯을 풀어놓았다. 네 명의 장수도 그 기미를 알아차리고 곧 말을 몰아 숭흑호와 더불어 도망쳤다.

그러나 그들은 장규가 탄 말이 유성처럼 빠르다는 것을 몰랐다. 장규는 다섯 장군들과의 거리가 두세 사정거리 정도 떨어졌을 때를 기다려 말머리에 있는 뿔을 한번 치자 한바탕 검은 연기가 일더니 곧바로 문빙의 등 뒤에 다다랐다. 손을 들어 칼로 한번 후려치니 문빙은 말 위에서 나가떨어졌다.

숭흑호는 급히 손으로 호로병 뚜껑을 열려고 했지만 미처 닿기도 전에 장규의 단칼에 두 동강이 나고 말았다. 최영이 말머리를 돌려 다가오자 장규는 칼을 뽑아들고 다시 세 명의 장수들과 싸웠다.

그때 갑자기 도화마桃花馬가 달려나왔는데 한 여장수가 두 자루의 일월도를 들고 있었다. 그녀는 재빠르게 전장으로 달려왔는데 다름 아닌 고난영으로, 그녀는 남편 장규를 도우려고 급히 달려온 것이었다.

고난영은 붉은 호로병을 하나 꺼내 49개의 태양금침에 주문을 외운 다음 세 장군의 눈에 쏘았다. 세 장군은 앞이 보이지 않게 되어 장규에게 차례로 참수당하고 말았다.

세 장군의 몸뚱이가 차례로 말에서 굴렀다. 이로써 용맹스러운 다섯 장군이 면지현의 운명을 넘지 못하고 한꺼번에 다 죽고 만 것이다.

한편 장규가 다섯 장군을 연이어 죽였다는 보고를 받자 자아는 귀를 의심하며 크게 놀랐다.

"어떻게 다섯 장군을 한꺼번에 죽였단 말인가?"

약진관掠陣官은 장규의 말이 몹시 빨라 다섯 장군이 미처 손을 쓸 수가 없어 패했다는 사실을 갖추어 말했다. 자아에게는 황비호마저 당한 것이 말할 수 없이 크나큰 슬픔이었다.

'오호라, 하늘이 무너지는 느낌이로다! 함께 뜻을 세워 대왕을 받들어 모신 지 이미 얼마인데, 이제 겨우 강 하나를 앞에 두고 큰 공을 이룰 시기에 5관을 넘나들던 무성왕이 이 무슨 재앙을 만났단 말인가! 슬프도다, 진실로 슬프도다!'

자아는 닥친 큰 슬픔에 눈물마저 말라 멍하니 앉아 있을 뿐이었다. 자아는 다시 흐느끼며 생각했다.

'황비호 부자의 충절은 가히 천하의 귀감이 되리라. 은나라를 멸하고 천명을 받들어 서주를 흥성케 하는 일에 그들 부자의 공이 아니었으면 어찌 오늘이 있으리오! 이미 아들들을 전장에서 잃고 오늘 또 그마저 죽었으니, 충절 황씨가문의 대를 이을 자는 오직 한 아들만 남게 되었구나!'

그때 다시 보고가 들어왔다.

"양전이 군량미 운송을 끝내고 대군영 밖에서 명을 기다리고 있습니다."

"들어오라 이르라."

자아가 정신을 차리고 양전을 맞으니 그가 아뢰었다.

"제자는 군량미를 감독하여 이미 5관에 이르렀습니다. 이제 원컨대 군량미 감독일은 그만두고 군대를 따라 정벌에 나서 공을 세우고 싶습니다."

자아가 말했다.

"이제 곧 맹진에 이르게 될 터이니, 중군에서도 너희들의 도움이 필요하다."

양전은 한쪽 옆에 서 있다가 무성왕 황 장군이 이미 전사했다는 소식을 듣고 탄식하며 말했다.

"황씨가문은 충렬하여 부자들이 모두 목숨을 바쳐 주왕실을 위하더니, 이제는 사서史書에 청향淸香을 남기게 되었구나!"

이어서 또 나타를 향해 물었다.

"장규에게 무슨 재주가 있나? 또한 선행관인 그대는 어찌하여 그와 접전하지 않았더란 말인가?"

나타가 말했다.

"숭 군후가 공을 세우려고 먼저 장규에게서 도망치는 것처럼 했지만 어찌 장규가 추월해 올 것을 예측했겠는가? 게다가 장규의 처까지 도술로써 싸움을 도왔으니, 모두 불의의 해를 당하고 만 것이네."

그때 좌우에서 보고가 들어왔다.

"장규가 싸움을 또 걸어왔습니다."

황비표黃飛彪가 장형의 원수 갚기를 청하자 자아가 허락했다.

양전도 싸움을 도와 나섰다. 황비표가 진영를 나와 응대도 하지 않고 장규에게 바로 창을 겨누었다. 장규의 칼이 맞서고 두 말이 서로 뒤엉켜 한바탕 싸우기를 이삼십 합. 황비표는 형의 원수를 갚는 데 급급했으니, 장규의 적수가 되기에는 역량이 부족했다. 창 쓰는 법이 점차 혼란해지더니 마침내 장규의 단칼에 말 아래로 굴렀다.

양전은 싸움을 도우러 나가다가 벌써 장규가 황비표를 말 아래로 베어 떨어뜨리는 것을 보았다. 이때 그는 장규의 말머리에 뿔이 나 있는 것을 보았다. 그는 곧 이 말에 어떤 연고가 있음을 알아차렸다.

"내가 저것을 없애리라!"

양전은 칼을 휘두르며 큰소리로 외쳤다.

"장규야, 게 섰거라, 내가 왔다!"

장규가 물었다.

"너는 어느 놈이기에 제 발로 죽으러 왔느냐?"

"네놈 같은 필부가 자주 사악한 술책을 써서 우리 장수들을 죽이기에 내가 특별히 네놈을 잡아 시체를 만 갈래로 찢어 여러 장군의 원한을 씻어주려 하노라."

양전이 삼첨도로 정면에서 내리치자 장규가 급히 맞받았다. 그러나 양전의 칼솜씨는 장규를 따르지 못하는 듯했다. 장규는 잽싸게 손을 뻗쳐 양전의 허리띠를 잡고 낚아챘다. 마침내 양전을 생포하여 의기양양 북을 울리며 현성으로 들어갔다.

양전의 속임수였음을 모르는 그는 감금해 두었던 서주장수를 끌어오라고 했다. 끌려온 양전이 꼿꼿이 서 있자 장규가 꾸짖어 말했다.

"이미 우리의 포로가 되었으니 목숨을 빌어라."

양전이 말했다.

"무지한 필부로고! 나와 너는 이미 적이거늘, 오늘 잡혀왔으니 죽이면 될 일이지 웬 잔소리가 그리 많으냐?"

장규가 단호하게 좌우에 명했다.

"끌고 나가 참수하여 목을 매달아라!"

부하들이 양전을 참수하여 목을 매달았다. 장규가 막 앉으려는데 금방 말을 관리하는 자의 보고가 들어왔다.

"큰일났습니다."

"무슨 일이기에 이렇게 호들갑을 떠느냐?"

"마구간에 매어 있던 장군의 말이 목이 매달린 채 걸려 있습니다."

장규는 이 말을 듣고 아연실색하여 발을 굴렀다.

"내가 큰 공을 이룬 것은 순전히 오연수烏烟獸 덕이었는데, 오늘 목이 잘려 걸리게 될 줄 어찌 알았겠는가?"

장규의 몸속에서 삼시신三尸神이 마구 날뛰어 일곱 구멍에서 연기가 났다. 그때 또 보고가 들어왔다.

"방금 참수했던 서주장수가 와서 싸움을 청합니다."

그제야 장규는 깨달았다.

"내가 저놈의 간계에 속았구나!"

즉시 칼을 들고 다시 성문을 나서니 양전이 보였다. 장규가 크게 욕하여 말했다.

"네놈이 간교한 변신술로 귀한 말을 죽이더니 이제는 나까지 죽일 요량이냐? 가만두지 않으리라!"

양전이 웃으며 말했다.

"네놈은 그 말 덕분에 우리 서주장수들을 해쳤겠다. 그 말을 내가 죽였으니 이제는 네 목이나 내놓아라."

장규는 바드득 바드득 이를 갈았다.

"게 섰거라, 내 칼을 받아라!"

장규는 칼을 휘두르며 달려들었다. 또 20합을 맞붙어 싸우다가 양전이 다시 일부러 허점을 보였다. 그러자 장규가 또 양전의 허리띠를 잡아 낚아채서 두번째로 사로잡아갔다.

장규가 대노하여 말했다.

"이번에는 네놈이 어떻게 빠져나가는지 보겠다!"

사로잡은 양전을 성 안으로 끌고 와 막 자리에 앉을 무렵 장규에게 홀연히 관사에 있던 부인 고난영이 앞에 와서 그 동안의 사정을 물었다. 장규가 길게 탄식하며 말했다.

"부인, 내가 여러 해 관리가 되어 있으면서 매번 큰 공을 쌓은 것은 오로지 그 오연수 덕이었소. 오늘 서주 장수 양전이란 놈이 사악한 술수를 써서 나의 귀한 말을 죽이고 말았소. 이번에 그놈을 또다시 잡아왔는데 장차 그놈을 어찌 처리해야 할지 모르겠소."

"제가 한번 볼 테니 끌고 오세요."

얼마 지나지 않아 양전이 관청으로 끌려나왔는데, 고난영이 그를 살피더니 피식 웃으며 말했다.

"저에게 처리할 방법이 있어요. 오골계와 검둥개의 피를 가져오세요. 그런 다음 오줌과 똥에 고루 섞어 그의 어깨뼈에 바르고 다시 피를 그의 머리에 뿌리세요. 그리고 부적을 붙인 다음 참수하세요."

장규는 그대로 따랐다. 두 부부가 함께 장군부 앞에 나와 병사들이 그대로 시행하는지를 보았다. 고난영은 부적을 다 만든 다음 먼저 피와 똥을 양전의 머리에 뿌리고 단칼에 치니 머리가 땅에 떨어졌.

두 부부가 크게 기뻐하며 막 부로 들어가 등청하려 하는데, 갑자기 계집종이 날듯이 달려와 울부짖으며 보고했다.

"나으리와 마님께 아룁니다. 야단났습니다! 노부인께서 방에 계셨는데 어디선가 뛰어온 더러운 피와 똥이 노부인의 머리를 적시자 곧 머리가 떨어져 나갔습니다."

장규는 사시나무 떨 듯 몸을 떨면서 부르짖었다.

"내가 또 양전의 요망한 술책에 빠졌구나!"

장규가 대성통곡을 하는데 미친 사람과 다름없었다.

장규는 스스로 생각했다.

'길러주신 은혜를 갚으려면 까마득한데 비록 나라를 위한 일이라지만 도리어 어머니를 돌아가시게 했으니 어이할꼬, 어이할꼬!'

바삐 관을 들여오고 염을 했다.

한편 양전은 곧장 중군으로 돌아와 자아를 알현하고 그 동안의 일을 갖추어 보고했다.

"먼저 오연수라는 그 말을 참수한 뒤에 장규의 어머니를 죽였습니다. 이렇게 그놈의 마음을 혼란시켜 놓았으니, 이제 장규를 잡는 일이 어렵지만은 않을 일입니다."

자아는 크게 기뻐하며 말했다.

"이는 참으로 길이 남을 공이로다. 이제야 비명에 간 여섯 장수의 원한을 풀길이 열렸도다!"

이때 장규는 어미의 원수를 갚겠다는 일념에 앞뒤 돌아보지 않은 채 말에 올라 서주진영을 향해 짓쳐들었다.

土行孫夫妻陣亡

토행손 부부가 진에서 죽다

자아가 중군에서 막 작전을 의논하고 있는데 보고가 들어왔다.

"장규가 싸움을 걸어왔습니다."

나타가 말했다.

"제가 가겠습니다."

나타는 풍화륜에 올라 머리 셋에 팔 여덟을 드러내고 싸우러 나갔다.

"장규야, 아직도 싸울 힘이 남았느냐?"

장규가 대노하여 급히 칼을 휘저으며 닥쳐들었다. 나

타가 대응하여 서너 합을 겨룬 뒤 주문을 외우며 구룡신화조를 던져 장규를 덮었다. 다시 손바닥을 한번 치자 아홉 마리의 화룡火龍이 일제히 화염을 뿜었고 땅 위에 불길이 타올랐다.

그러나 장규는 토행손처럼 지행의 묘술을 부릴 줄 알았다. 장규는 신화조가 떨어져 내리는 것을 보고 상황이 불리하다는 것을 알았다. 그리하여 황급히 말에서 굴러 내려온 다음 곧 땅 밑으로 스며들어 버렸기에 단지 장규가 타고 있던 말만이 타죽었을 뿐이었다.

나타는 미처 이러한 사실을 알지 못했던 터라 장규까지 함께 타죽었으리라 생각하며, 의기양양하게 북을 울리게 하며 진영으로 돌아왔다.

"장규는 이미 타죽었습니다."

"수고했네. 이제야 무성왕 등이 편히 눈을 감을 수 있겠구나!"

자아의 눈가에 저절로 눈물이 맺혔다.

한편 간신히 빠져나온 장규는 지행술을 풀고 부인에게 말했다.

"오늘 나타와 맞붙어 싸웠는데 과연 대단했소. 그놈이 화룡조에 나를 가두더란 말이오. 내게 만약 지행의 묘술이 없었더라면 반드시 타죽었을 것이오."

고난영이 말했다.

"장군께서는 그런 도술을 두고 왜 걱정하십니까? 오늘 저녁 땅속으로 서주진영에 가서 서주의 수괴인 무왕과 군신들을 모조리 죽이면 되지 않겠어요? 성공할 좋은 계책이니 대사는 이미 정해진 것이나 다름없습니다. 굳이 어려운 정면승부가 필요없다는 말입니다."

장규가 그제야 깊이 깨달아 말했다.

"부인의 말에 참으로 일리가 있구려. 고약한 양전이라는 놈이 몰래 어머니를 시해하는 바람에 내 마음이 어지러워져서 미처 그런 생각을 잊고 있었소. 오늘밤에는 기필코 성공하리다."

그리하여 그날 밤 장규는 날카로운 비수를 품은 채 서주진영으로 숨어들었다.

한편 자아는 막사에서 성을 빼앗을 방법을 의논하고 있었다. 날이 어두워지면 영전令箭을 달아 훈련된 병사들을 소집하고, 3경에는 밥을 짓고, 4경에는 장비를 정비하고, 5경에는 성에 올라 한번 북을 치면 일을 끝내기로 했다. 그리하여 자아는 장수들에게 분부를 끝냈다.

바야흐로 2경쯤 되었을 때, 장규는 몸을 한번 비틀어

땅속으로 곧장 달려와서 서주진영 영문 앞에 이르렀다. 그런데 하늘의 뜻인지 아니면 실로 우연인지 때마침 양임도 진영 앞으로 오고 있었다. 그는 순찰 중이었던 것이다.

장규는 미처 알지 못한 것이 있었다. 양임의 눈 언저리에 두 개의 손이 길게 뻗어나와 있으며 그 손 한가운데에 두 개의 눈이 달려 있어서, 아래로는 땅속을 볼 수 있고 중간으로는 천 리 안에 있는 인간세상을 볼 수 있었음을.

장규가 땅 밑으로 진영 안으로 들어오는 것을 양임은 보았다.

"땅 밑에 있는 것이 장규가 아니더냐? 어서 나와라. 내가 여기 있다."

장규는 크게 놀랐다.

'주나라 진영에 이런 기이한 인재가 또 있구나! 어찌하면 좋단 말인가?'

곰곰이 생각했다.

'내 땅 밑으로 가는 속도는 매우 빨라 중군에 들어가서 강상을 죽여도 그놈이 미처 못 쫓아올 것이다.'

장규가 칼을 들고 곧장 달려들었으므로 양임은 곧 상황이 위급함을 느껴 운하수雲霞獸를 한번 치니 3층의 방어책 안에 이를 수 있었다. 그는 운판을 치며 큰소리로 외쳐 말했다.

"자객이 진영에 들어왔다! 각자 샅샅이 뒤져라!"

양임이 소리친 지 얼마 되지 않아 수많은 병졸들이 잠자리에서 일제히 일어났다. 자아는 황급히 진영으로 들어갔고, 여러 장군들이 화살을 활시위에 먹이고 칼집에서 칼을 뽑아들었다. 또한 사방에서 횃불을 밝히니 밝기가 대낮 같았다.

자아가 물었다.

"자객이 어디에서 왔는가?"

양임이 군막 안으로 들어가 아뢰었다.

"장규가 칼을 들고 곧장 대군영 영문 앞으로 달려오고 있었습니다. 그래서 제가 감히 운판을 쳐서 알린 것입니다."

자아가 크게 놀라 말했다.

"어제 나타가 이미 장규를 태워죽였는데, 오늘밤 어떻게 또 하나의 장규가 있단 말인가?"

양임이 말했다.

"그놈은 지금 여기에서 원수께서 말씀하시는 것을 엿듣고 있습니다."

자아는 놀랍고 의심스러워 어찌할 바를 몰랐다. 옆에

있던 양전이 말했다.

"제가 내일 날이 밝기를 기다려 다시 대책을 세우겠습니다."

이리하여 장규는 밤중에 서주진영을 온통 혼란의 도가니로 만들어버렸다. 그러나 장규는 일이 성공할 수 없음을 알고 떠날 수밖에 없었다.

땅 밑으로 영문을 나가는 장규를 보고 양임은 영문까지 쫓아나갔다가 그가 현성으로 들어가는 것을 확인하고서야 비로소 돌아왔다.

장규가 관부에 이르자 고난영이 말했다.

"일이 어찌되었습니까?"

장규는 단지 고개를 가로저으며 말했다.

"정말 대단한 놈들이야! 서주진영에는 재주가 뛰어난 자가 수없이 많소. 그런 까닭에 5관도 그 꼴이 되었던 모양이오."

장규는 서주진영에서 있었던 일을 상세하게 말했다. 부인이 말했다.

"기왕 그러하다면 급히 방침을 바꾸어 조가에 지원을 요청하세요. 그렇지 않으면 하나 남은 성이 어찌 당해낼 수 있겠어요?"

장규는 그 말을 좇아 급히 조가로 관리를 파견했다.

한편 날이 밝자 양전은 성 아래로 가서 소리쳤다.

"장규는 나와서 나랑 한바탕 놀아볼까!"

장규는 말에 올라 성문을 나섰다. 정말 원수가 원수를 만난 셈이다. 장규가 양전을 보고 다짜고짜 말했다.

"이 쳐죽일 놈아! 천지간에 우리 어머니가 무슨 죄가 있더란 말이냐? 내놈과 어찌 같은 하늘 밑에서 살 수 있으랴."

양전이 말했다.

"하늘을 거스르는 이 도적놈, 어찌 네 어미 죽인 것만 탓하느냐? 네놈이 저지른 우리 서주진영의 해악을 몰랐더란 말이냐?"

"내가 철천지원수 양전을 죽이지 못하면 그 한을 어찌 풀랴?"

장규가 칼을 휘두르며 달려들자 양전도 맞받아 싸웠다. 서로 뒤엉켜 싸우기를 몇 합. 양전은 효천견을 달려들도록 주문을 외어 장규를 해치려 했는데 그는 개가 쫓아오는 것을 보고 황급히 말에서 내리 즉시 자취를 감췄다. 양전은 그것을 보았으나 어찌하지 못했다. 양전이 하는 수 없이 진영으로 돌아왔다.

"오늘 장규를 만나보니 어떻던가?"

자아가 묻자 양전은 장규의 지행술에 대해 한바탕 이

야기해 주었다.

"정말 토행손과 같았습니다. 지난밤 양임의 공이 매우 컸습니다."

자아는 크게 기뻐하며 명을 내렸다.

"이후로 양임은 전적으로 군영 안팎을 순찰하고 영문을 지키도록 하라."

그때 장규는 관부에 나가 부인 고씨에게 말했다.

"방금 양전을 만났는데, 서주진영에는 도술을 부릴 줄 아는 장수가 매우 많아 우리 부부가 이 성을 지키기에는 역부족이오. 내 소견으로는 면지현을 버리고 조가로 돌아가서 다시 의논하는 것만 못할 것 같은데, 그대의 생각은 어떠하오?"

부인이 말했다.

"장군의 말씀은 틀린 것 같습니다. 우리 부부가 이곳을 지킨 지 수년이 되어 그 이름이 사방에 드러났는데, 어찌 하루아침에 성을 버리고 떠난단 말입니까? 또 이 성은 요충지라 조가의 바람막이가 되는데, 지금 한번 이 성을 버리고 떠나면 황하를 서주군이 차지하게 될 것이니 이는 결단코 안될 일입니다. 내일 소첩이 출전하면 자연히 성공을 거둘 것입니다."

다음날 고난영은 서주진영에 이르러 싸움을 걸었다.

"웬 여장수 하나가 싸움을 청합니다."

"누가 나가겠는가?"

자아가 물으니 등선옥이 서둘렀다.

"소장이 가기를 청합니다."

"반드시 조심해야 하오."

등선옥이 말을 마친 뒤 말에 올라 두 개의 붉은 깃발을 펄럭이며 진영을 나섰다. 이윽고 고난영을 보고 크게 소리쳐 물었다.

"그대는 누구인가? 이름은 있겠지?"

고난영이 바라보니 자아진영에서도 한 여장수가 나왔으므로 여장수까지 있었던가 의아해 하며 바삐 응대하여 말했다.

"나는 다름 아닌 면지성을 지키는 장 장군의 부인 고난영이다. 계집은 누구인가?"

"군량수송을 감독하는 토 장군의 부인 등선옥이다."

고난영은 대답을 듣고 등구공을 생각하며 조소했다.

"천한 계집이로고! 네 아비가 칙명을 받들어 정벌을 나섰는데 너는 그렇게 구차한 놈에게 시집갔으니, 이제 무슨 면목으로 조상님들을 대하겠느냐?"

등선옥이 대노하여 쌍칼을 흔들며 달려들었다. 고난영 역시 쌍칼을 가지고 급하게 맞받아 싸웠다. 두 여장수가 하나는 붉은색 옷을, 또 하나는 흰색 옷을 입고 있었다. 그러니 두 장수가 맞붙어 싸우는 모습은 일대 장관이었다.

20여 합을 싸운 끝에 등선옥이 말머리를 돌려 달아났다. 고난영은 등선옥이 거짓으로 도망하는 것도 모르고 곧 뒤따라 쫓았다.

등선옥은 후면에서 난새의 방울소리가 나는 것을 듣고 재빨리 고난영을 향해 오광석을 던졌다. 이것이 고난영의 얼굴에 정확히 맞았으므로 이내 입술이 시퍼렇게 부르터 올랐다. 고난영은 얼굴을 가린 채 회군해 돌아갔다. 참으로 등선옥의 돌팔매 솜씨는 천하의 일품이었던 것이다.

등선옥은 승리를 얻어 진영으로 돌아와 상세히 고했다. 자아가 막 공로를 칭찬하고 있는데, 이운관 토행손이 문 앞에서 명을 기다리고 있다는 보고가 들어왔다.

이윽고 토행손이 군막으로 들어가 자아를 배알했다.

"제자가 군량미 운송을 이미 마쳤으니 이 직책을 사퇴하고 원컨대 군대를 따라 정벌에 나서겠습니다."

자아가 말했다.

"이제 5관에 들어왔으니 군량은 천하제후들이 분부에 응할 것이다. 이제 너희들의 감독이 필요치 않으니 함께 정벌에 참여해도 좋다."

토행손이 군막에서 나와 여러 장군들을 만나보았는데, 유독 황 장군이 보이지 않았다. 황망히 나타에게 물으니 나타가 대답했다.

"이곳 면지현은 일개 작은 현에 불과하지만 도리어 황 장군·숭 군후 등 다섯 분을 한꺼번에 잃었소. 어제는 장규가 지행술을 부렸는데 장군과 비교할 때 그의 기술이 더 정묘한 것 같았소. 지난번 우리 진영에 잠입하여 원수를 살해하려 했지만 다행히 양임이 그것을 막았소. 그런 까닭에 그가 이곳에서 우리 군사를 막고 있는 한 우리는 한 걸음도 전진할 수 없소."

토행손은 이 말을 듣고 화가 나서 말했다.

"어찌 이런 일이 다 있어! 장규란 그놈이 감히 무성왕을 살해하고서도 여태껏 목숨을 부지하고 있더란 말이오? 또한 우리 사부께서 내게 이 도술을 전했을 당시 세상에 당할 자가 없다고 하셨는데, 어찌 이곳에 또 그러한 기인이 있다니 그놈은 도대체 누구야. 내 내일 직접 그를 만나볼 거구먼."

그는 뒤 군막에 이르러 등선옥에게 장규의 일을 물었다. 그러자 등선옥이 말했다.

"과연 그러하더이다."

토행손은 장규의 지행술이 대단하다는 여러 사람의 말을 듣고 몹시 기분이 상하여 밤새도록 편히 잠을 이루지 못했다.

다음날 아침 토행손은 막사에 들어가 강 원수를 뵈었다.

"원컨대 가서 장규를 만나보고 싶습니다."

자아가 허락했다. 옆에 있던 양전·나타·등선옥도 함께 가서 싸우고 싶어 하니 토행손이 허락했다. 성 아래에 이르러 싸움을 거니 척후병이 이 소식을 장규에게 전했고, 장규도 성문을 나섰다.

그가 성문을 나와 보니 키가 자기 허리춤에도 못 미치는 한 난쟁이가 보였으므로 껄껄 웃으며 물었다.

"그대는 무엇 하는 자인가? 도대체 자네 그 몸뚱이 절반은 어디로 갔더란 말인가? 또 그 꼴을 누가 만들어 주었는가?"

토행손이 가로세로 날뛰며 말했다.

"이놈! 내가 바로 토행손 어른이다. 내 오늘 네놈을 잡아 무성왕의 원수를 갚으리라!"

말을 마치고 몽둥이를 굴리며 달려들었다. 장규는 칼을 들어 급히 맞서 싸웠다. 두 사람이 대전을 벌이며 밀고 밀리고 하기를 몇 합도 하기 전에 나타와 양전이 일제히 나와 싸움을 도왔다. 나타는 황급히 건곤권으로 장규를 치려 했다.

장규는 이를 보고 말에서 굴러 내려와 곧 모습을 감췄다. 토행손 또한 몸을 비틀어 장규를 쫓자 그는 토행손의 술수를 보자 더욱 놀랐다.

"서주진영에도 이런 묘술을 가진 자가 있다니!"

땅속에서 만난 두 사람이 다시 싸움을 벌였다. 그런데 장규는 몸집이 장대해서 몸을 돌리기가 불리했지만, 토행손은 워낙에 체수가 작아서 자유자재로 몸을 돌릴 수 있었다. 그러므로 토행손은 앞뒤에서 공격할 수 있었으나, 장규는 그저 공격을 막기에 급급할 뿐이었다.

마침내 장규는 급히 몸을 빼내어 도망할 수밖에 없었다. 토행손이 맹렬히 뒤를 쫓았지만 따라잡지는 못했다. 장규의 지행술은 하루에 1천 5백 리를 갈 수 있었지만, 토행손은 겨우 1천 리밖에 갈 수 없었기 때문이다.

그는 자아를 만나 말했다.

"장규의 지행술은 과연 훌륭해요. 만일 그놈이 막아서고 있는 한 한두 가지가 불편한 게 아니겠어요."

"옛날 그대의 스승이 그대를 붙잡는 데 지지성강법指地成鋼法을 했는데, 지금 장규를 잡고자 한다면 그 법이 아니면 안될 것이다. 그대는 어찌하면 지지성강법을 배워서 그를 처치할 수 있겠는가?"

"원수께서 편지를 한 통 써주신다면 그것을 지니고 협룡산에 가서 스승을 만나 부적을 가져오죠. 그러면 면지현을 깨뜨리기는 여반장이고 곧 제후들과도 회맹할 수 있을 것이구먼요."

자아가 크게 기뻐하며 황망히 서신을 써서 토행손에게 주었다. 토행손은 아내와 이별하고 협룡산으로 들어갔다. 가련한지고! 그의 운명은 이미 정해진 것이어서 되돌릴 수 없음을 그가 어찌 알았으리!

자아의 군대가 서기를 떠나 동정에 나섰을 때, 토행손의 스승 구류손은 이미 제자의 운명이 면지현에서 끝나리라는 것을 알고 있었다. 그리하여 영험있는 게를 하나 지어주었으나, 어찌 하늘의 운명을 거역할 수 있겠는가! 이러한 사실을 모르는 토행손은 협룡산으로 급히 들어갔다.

한편 장규는 토행손과의 접전에서 패주하고 돌아와 고난영을 만났다. 그는 양미간을 찌푸리며 길게 탄식하여 말했다.

"서주진영에는 기인들이 수없이 많으니 이 일을 어찌하면 좋겠소?"

"누가 기인이란 말이에요?"

"토행손이라는 놈이 있는데, 그놈도 역시 지행술을 갖고 있었소. 어찌하면 좋겠소?"

"지금과 같은 처지라면 다시 조정으로 급히 표문을 올려 구원병을 요청하세요. 우리 부부 두 사람은 이 현을 사수하되, 접전하지는 말고 단지 구원병이 올 때를 기다렸다가 그때 가서 다시 적을 격파시킬 논의를 합시다."

부부가 의논을 하고 있는데 홀연히 괴이한 회오리바람이 한바탕 불어왔다. 얼마나 강풍이었는지, 관부 앞의 보독기가 두 동강이 났다. 부부는 크게 놀랐다.

고난영이 말했다.

"이것은 불길한 징조입니다."

고난영은 즉시 향안香案을 펼쳐놓고 금전을 가지고 괘를 짚어보았다. 곧 그 뜻을 알 수 있었다.

"장군은 속히 처리하셔야겠어요. 토행손이 협룡산으로 지지성강술을 취하러 가고 있어요. 당신을 깨뜨리려 하니 일을 그르치면 안됩니다."

그리하여 장규도 황망히 채비를 갖추고 곧장 협룡산으로 떠났다. 토행손은 하루에 1천 리밖에 못 가지만 장규는 1천 5백 리를 갈 수 있었으므로 늦게 떠난 장규가 협룡산에 먼저 도착할 수 있었다. 산기슭에 숨어 토행손을 기다렸다. 마침내 토행손도 맹수애猛獸崖에 이르러 멀리 비룡동을 바라보니 지난날이 새록새록 생각났다.

'오늘 또다시 옛 땅에 이르렀구나!'

그러나 그는 장규가 미리 와서 기다리고 있음을 꿈에도 생각하지 못하고 있었다. 토행손은 옛땅에 다시 온 기쁨에 들떠 그저 앞을 향해 나아갈 따름이었으니 저를 어찌할까?

이윽고 장규는 토행손이 눈앞에 이른 것을 보고 크게 소리쳐 말했다.

"토행손, 게 섰거라!"

토행손이 황급히 고개를 들었을 때는 가련하게도 이미 칼을 내리쳐 어깨에서 등까지 베고 난 뒤였다. 토행손의 머리를 잘라낸 장규는 곧장 면지현으로 돌아와 성문에 그것을 매달았다.

결국 토행손은 운명의 크나큰 그물을 벗어나지 못했던 것이다. 토행손이 주나라에 귀의했으나 뜻을 미처 이루기 전에 가련하게도 죽은 것이다. 후세사람이 탄식하며 시를 지었다.

그 옛날 서기에 귀순한 이래 임금을 보필하여,
군량미 수송에 한 번도 때를 어긴 적이 없었네.

관에 진입하여 보물을 훔치는 데 공이 으뜸이었고
적의 영채를 빼앗음에 세상에 따를 자 없었네.
그 이름 제후들에게 퍼져 천하에 진동하고,
그 명성 우주에 드날려 여한이 없었도다.
협룡산 아래가 망신처亡身處가 되었나니
바로 이곳에서 근본으로 돌아갔다네.

한편 서주진영의 기마척후병은 면지현에서 사람머리를 내거는 것을 보고 앞으로 다가가 살피니 다름 아닌 토행손의 머리였다. 놀란 척후병이 황급히 군영으로 들어가 보고했다.

"면지현의 성 위에 토행손 장군의 머리가 걸려 있는데, 그 연고는 알 수 없습니다. 속히 명을 내리소서."

자아가 믿기지 않아 의심스럽게 물었다.

"보고는 정확한가? 그는 협룡산에 갔으므로 진영에 있지도 않았고 또 싸움에 나가지도 않았는데 어찌 해를 당했단 말이냐?"

그리고는 손가락으로 이리저리 짚어보더니 책상을 치며 큰소리로 부르짖었다.

"아아, 사실이로구나! 토행손이 무고하게 죽었으니 이는 모두 나의 과실이로다!"

자아는 통곡하며 매우 상심했다. 마침 군막 뒤에 있

던 등선옥이 이 소식을 듣고 하마터면 혼절할 뻔했다. 등선옥은 얼굴 가득 슬픔이 고였고 눈물을 주렁주렁 매단 채 군막 앞으로 나와 말했다.

"원컨대 남편의 복수를 갚고 싶습니다!"

자아가 말했다.

"내 그대의 슬픔을 모르는 바 아니네. 그대뿐만 아니라 삼군이 다 제 살을 찢긴 듯 아픈 마음일 것이네. 그래도 그대는 침착해야 하네. 서두르면 남편의 원수를 갚기는커녕 오히려 화를 불러올 수도 있다는 말일세."

그렇지만 등선옥이 어찌 가만히 있으려 하겠는가? 귀에는 이미 아무 소리도 들리지 않았다. 그녀는 눈물을 흘리며 훌쩍 말에 올라 성문 아래로 내려가 소리쳤다.

"장규는 나와서 나를 보라."

척후병이 성 안으로 들어가 보고하자 고난영이 달려 나와 말했다.

"저런 비천한 계집 같으니! 나도 마침 돌맹이 세례의 원한을 갚으려던 참인데, 오늘은 너도 네 남편을 따라 마땅히 이곳에서 죽으리라!"

고난영은 말에 올라 칼을 뽑아든 채 먼저 손에 든 붉은 호로병을 열어 49개의 태양신침을 쏘아보냈다. 등선옥은 단지 말울음소리만 들었을 뿐인데 두 눈에 이미 신침이 박혀 앞이 보이지 않았다. 그때 고난영이 달려와 단칼에 등선옥을 말 아래로 쓰러뜨렸다. 가련한 등선옥은 비명 한 번 제대로 못 지른 채 남편 뒤를 따랐다.

고난영은 등선옥을 참수한 뒤 그녀의 목을 남편 옆에 나란히 내걸었다. 척후병은 소식을 전했고 자아는 차마 말을 못할 정도로 슬픔에 젖었다. 그러나 이내 정신을 수습하여 여러 문도들에게 말했다.

"지금 고난영은 태양신침이 있어서 이것으로 사람의 두 눈에 쏜다고 하는데, 이것을 간과해서는 아니될 것이오. 장군들은 모두 이에 대한 방비를 갖추어야겠소."

이리하여 병사들을 둔치게 하여 움직이지 못하도록 한 뒤 다시 대책을 논의했다. 남궁괄이 말했다.

"이 하찮은 현에서 지금까지 수많은 대장들을 잃었습니다. 그렇지만 원수께서 인마로 사면에서 공격해 들어간다면 이 현을 평지처럼 걸어갈 수 있을 것입니다."

"내가 이찌 그 생각을 못했을꼬?"

자아가 급히 명을 내렸다.

"삼군은 모두 나서서 4면에서 공격해 들어가자!"

삼군은 구름사다리와 화포를 앞세워 고함을 지르며 공격하는데 들고 남이 매우 빨랐다. 그럼에도 장규 부부는 온갖 방법과 계책을 동원하여 성을 지켜냈다.

자아의 군대는 한 차례 공격에 이틀 밤낮을 꼬박 싸웠는데도 뜻을 이루지 못했다. 자아는 어쩔 수 없이 다시 후퇴명령을 내렸다. 장군들이 명을 받고 징을 울려 회군시켰다.

한편 장규가 파견한 관리가 황하를 건너 맹진에 당도하니, 4백여 진의 제후들이 인마를 주둔시키고 있었다. 그래서 그는 신분을 감추고 사잇길로 곧장 달려 조가성 관역에 이르렀다. 하룻밤을 묵은 그는 곧 문서방에 이르러 서신을 바쳤다. 그날 문서를 담당한 사람은 바로 미자였다.

미자는 서신을 읽어보고 급히 내정에 들었다. 천자는 녹대에서 즐기고 있었으므로 미자는 대 아래에서 어명을 기다렸다. 천자가 분부하자 미자는 곧장 올라가 배알의 예를 드렸다.

천자께서 하교했다.

"황백皇伯께서는 무슨 일을 아뢰고자 하시오?"

"주무왕의 군대가 5관에 들어와 이미 면지현에 이르렀으나 병사와 장군들이 많이 손실되어 버틸 수가 없어 그 위험이 조석에 임박했다 합니다. 청컨대 폐하께서는 속히 병사를 징발하시어 빨리 방어에 협조케 하소서. 하물며 면지현은 도성으로부터 불과 5백 리 정도 떨어져 있는데도 폐하께서는 누대 위의 연회를 즐기십니다. 맹진은 남방인데도 북방의 4백여 제후들이 병사를 이끌고 와서 주둔하고, 오직 서백 주무왕이 은나라의 교외에 이르기만을 기다리고 있습니다. 이제 이 보고를 보니 신의 몸과 마음이 타는 것 같아 어찌할 바를 모르겠습니다. 원컨대 폐하께서는 서둘러 현사를 구하여 국사를 맡기시고 대장으로 임명하여 반란군을 멸하소서. 마음을 다짐하여 군민을 가르치고 인정을 닦아 천변天變을 돌린다면, 그나마 성탕의 종묘를 잃지는 않을 것입니다."

천자는 이 말을 듣고 크게 놀라 말했다.

"희발이 반란을 일으켜 이미 짐의 관새를 침입하고 장수들을 살상하더니 이제는 면지현까지 이르렀다니, 이 마음이 참으로 통한스런 일이로다! 짐은 마땅히 수레를 몰아 친히 출정하여 그놈을 없애리라."

중대부 비렴飛廉이 상주하여 말했다.

"폐하, 아니됩니다! 지금 맹진에는 4백여 제후들이 주둔하고 있습니다. 폐하께서 친정하시면 그놈들이 거짓으로 폐하를 지나가게 했다가 퇴로를 차단할 것이 불을 보듯 뻔합니다. 병서에 이르되, 앞뒤에서 적을 받는 것은 결코 취할 방법이 아니라고 했습니다. 폐하께서는 방문을 내걸어 현사를 초치하시고 크게 현상금을 내거시면 고명한 인사들이 스스로 이 부름에 응하여 올 것입니다. 옛말에 '상을 후하게 하면 반드시 용사를 얻으리라' 했습니다. 이러할진대 무엇 때문에 폐하께서 6사를 친히 거느리고 저 역적들과 더불어 군열軍列에서 승부를 겨루는 수고로움을 감수하려 하십니까?"

"경의 말에 따르겠다. 속히 짐의 뜻을 전하여 조가의 4대문에 현상금을 걸고 준걸들을 뽑는다는 방을 걸라. 관부를 감당할 만한 재능이 있는 자들은 가리지 말고 뽑도록 하라."

4대문 앞은 술렁거렸다. 조가성 안의 만백성들은 하루 동안 여러 차례 놀랐다. 하루는 세 명의 호걸이 와서 방문에 응했다. 방을 지키던 병사가 세 사람을 데리고 비렴의 관부로 가서 고했다. 관부로 들어간 세 사람은 비렴과 상견례를 마치고 말했다.

"들자니 천자께서 천하의 현사들을 모집한다고 해서 왔습니다. 저희 세 사람은 스스로 우둔한 줄은 알고 있으나 임금께 일이 생겼다 하니, 원컨대 이 몸을 바쳐 작은 공이라도 세울까 합니다."

비렴은 세 사람의 기상이 맑고 기이한 것을 보고 앉을 것을 명했다. 그러자 세 사람이 말했다.

"저희는 모두 천한 백성들이온데 대부께서 위에 거하고 계시거늘 어찌 감히 자리에 앉을 수 있겠습니까?"

"현사를 구하고 준걸을 초빙하여 나라를 안정시키는 데는 높고 무거운 작록도 아끼지 않는 법이거늘, 하물며 동석하는 것이야 무엇이 그리 문제가 되겠소?"

세 사람은 사양하다가 비로소 앉았다.

비렴이 말했다.

"세분의 성은 무엇이고 이름은 무엇이라 하오? 또 사는 곳은 어디요?"

세 사람은 한 장의 서찰을 올렸다. 주렴이 읽어보니 원래 매산梅山이 고향이었고 이름은 차례로 원홍袁洪·오룡吳龍·상호常昊였다. 이들이 바로 '매산칠괴梅山七怪'의 인물들이었다. 셋이 먼저 오니 나중에 나머지도 잇따라 올 것이었다.

그런데 원홍은 흰 원숭이의 정령이었고, 오룡은 지네의 정령이었으며, 상호는 큰 뱀의 정령이었다. 그러므로 이들은 각기 원·오·상의 석 자로써 성을 삼았던 것이었다. 비렴은 이들을 데리고 조정으로 들어갔다.

천자는 현경전에서 악래와 더불어 바둑을 두고 있었다. 당가관當駕官이 여쭈었다.

"중대부 비렴이 어명을 기다립니다."

천자가 말했다.

"들라 이르라."

비렴이 상주했다.

"폐하께 아룁니다. 지금 매산의 세 호걸이 폐하께서 현제를 구하신다는 조서에 응하여 궐문에서 어명을 기다리고 있습니다."

천자는 크게 기뻤다. 얼마 지나지 않아, 세 사람이 대전 아래에 이르러 만세삼창을 하며 엎드려 절했다. 천자가 세 사람에게 고개를 들라고 이르자, 세 사람은 감사의 예를 마치고 양쪽으로 섰다.

"경들은 여기에 왔는데 무슨 묘책으로 저 역적들을 잡아들이려는가?"

원홍이 말했다.

"강상은 교묘하고 헛된 언변으로써 천하의 제후를 규합하여 백성들의 반란을 선동하고 있습니다. 신의 어리석은 소견으로는 우선 서기의 주나라를 깨뜨려 강상을 잡아야 할 것 같습니다. 그리하면 8백 제후도 폐하의 부르심에 항복할 것이고, 그때 지은 죄를 사면해 주신다면 천하는 싸우지 않고 저절로 평온해질 것입니다."

천자는 이 말을 듣자 크게 기뻐하며 원홍을 대장으로 삼고, 오룡과 상호를 선행관으로 삼았다. 또 은파패殷破敗

를 참군으로 명하고 뇌개雷開를 오군총독으로 삼았으며, 은성수殷成秀와 뇌곤雷鵾·뇌붕雷鵬·노인걸魯仁傑 등도 모두 군대를 따라 정벌에 나가게 했다.

천자는 어지를 내려 가경전에서 주연을 베풀고 여러 신하들에게 상을 내렸다. 이 가운데 노인걸은 어린 시절부터 독서를 많이 하여 영웅을 감별해내는 탁견이 있었다. 그는 원홍의 행동이 예절에 맞지 않는 것을 보면서 남몰래 생각했다.

'이 사람이 일하는 것을 보니 대장재목이 아니로다. 또한 인마를 다루는 것을 보면 곧 그 단서를 알 수 있는 법이다.'

사흘이 지난 뒤에야 원홍은 교장으로 내려가 삼군을 훈련시켰다. 노인걸은 원홍의 행동거지가 법도에 맞지 않으며 진실로 자아의 적수가 못된다는 것을 알았다. 그러나 너무나 급박한 시기였으므로 그 역시 원홍을 대장으로 받들고 따를 수밖에 없었다.

다음날 원홍은 조정으로 가서 천자를 알현했다.

"원수는 우선 한 부대를 이끌고 면지현으로 가서 장규를 도와 서주병사들을 막는 것이 어떻겠는가?"

"신이 보건대 도성 안의 병사를 멀리까지 출전시키는 것은 좋지 않을 듯합니다."

"어째서 원정이 옳지 않다 하는가?"

"지금 맹진은 이미 남북의 제후들이 주둔하면서 그 뒤를 엿보고 있습니다. 신이 만일 면지현으로 간다면 남북의 제후들이 맹진을 지키면서 군량미 수송을 저지할 것입니다. 그렇게 되면 신은 앞뒤에서 적의 공격을 받게 될 것이므로 이것은 싸움도 못해 보고 자멸하는 길입니다. 하물며 양식은 삼군의 생명이오니, 이것은 군대가 출정하기도 전에 먼저 필요한 것입니다. 신의 계책으로는 20만의 인마를 훈련시켜 맹진의 목을 막음으로써 제후들이 조가를 넘보지 못하게 하는 것이 더 낫습니다. 한번 크게 싸워 성공하면 대사는 순리대로 풀릴 것입니다."

천자가 크게 기뻐하며 말했다.

"경의 말이 참으로 훌륭하구나. 진정 사직을 보존할 신하로다! 경의 말을 따르겠다."

이에 따라 원홍은 20만 병사를 훈련시키는 데 온 힘을 쏟았다. 얼마 후 원홍은 훈련시킨 병사들을 이끌고 맹진으로 가서 제후들의 목줄을 막았다.

武王白魚躍龍舟

무왕의 용주에 백어가 튀어오르다

한편 면지현의 장규는 밤낮으로 조가로부터 구원병이 오기만을 기다리고 있었다. 어느 날 기마척후병으로부터 보고가 들어왔다.

"장군께 아룁니다. 친자께서 원홍을 새 원수로 초치하여 20만 병사를 주어 맹진에 주둔해서 제후들을 저시토록 하셨답니다. 하지만 병사를 파견하여 면지현을 구하러 보내지는 않으셨습니다."

장규는 이 보고를 듣고 크게 놀라 말했다.

"지원병을 파견하지 않으셨다니 대체 이 성을 어떻게

지키란 말인가? 더구나 앞에는 주나라 군사가 있고 뒤에는 맹진이 있어 4백여 제후들이 앞뒤에서 협공을 편다면 하루도 버티기 어려울 것이다."

황망히 부인 고난영과 함께 상의하니 그녀가 말했다.

"꼭 그렇게만 생각하실 일은 아니잖아요. 천자께서는 우리 두 사람이 서주군을 막아낼 수 있으리라 생각하신 것 같잖아요. 지금 원홍이 맹진에서 버티고 있으니 남북의 제후들도 감히 섣불리 우리의 뒤를 치고 들어올 수는 없을 거예요. 다만 원홍이 승리를 얻어 남북제후들을 깨뜨렸다는 소식을 듣고 난 뒤, 제가 다시 당신과 힘을 합하여 주무왕을 친다면 이기지 못하리란 법도 없지요. 우리는 지금 성을 지킬 방법을 강구하면서 주나라 장수들과 대적하지 않고서, 그들의 식량이 바닥나고 군사가 피폐해지기를 기다렸다가 한 판에 승부를 낸다면 이기지 못할 것도 없지요. 이것이 두루 온전한 방법이에요."

장규는 속으로 의심하면서 마음을 정하지 못했다.

이때 자아는 한낱 작은 현에 지나지 않는 면지에서 공격에 실패하고 도리어 많은 장수를 잃었으므로 의기가 꺾인 채 나날이 근심하고 있을 뿐이었다. 그는 남몰래 고개를 끄덕이며 탄식하여 말했다.

"가련한지고! 군주를 받들고 나라를 평정할 영웅들이

온갖 정력을 기울였으나, 유언조차 남기지 못하고 죽어 모두 까마귀밥이 되었구나!"

이렇게 비통에 잠겨 있는데 돌연 대군영 수문관의 보고가 들어왔다.

"어떤 동자가 뵙기를 청합니다."

자아가 들어오라 명했다. 오래 되지 않아 한 동자가 군막 아래로 들어와 예를 올리며 말했다.

"저는 협룡산 비룡동 구류손의 문도입니다. 사형 토행손이 협룡산 맹수애에서 장규에게 당한 일은 저의 스승도 이미 알고 계셨으나, 하늘이 내린 운명이라 구제할 도리가 없었습니다. 저희 스승께서 특별히 저를 이곳에 보내시어 편지를 전하셨으니 사숙께서도 곧 아시게 될 것입니다."

자아가 편지를 읽어보니 내용은 다음과 같았다.

미천한 구류손이 대원수 자아 공 휘하에 글월을 드립니다. 얼마 전 빈도의 제자 토행손이 맹수애에서 장규의 손에 죽게 된 것은 정해진 운명이라 피할 수가 없는 것이었습니다. 빈도는 단지 맹수애를 바라보며 눈물만 흘렸을 따름이지요. 그 슬픔을 어찌 말로 다 표현하겠습니까? 지금 장규가 성을 지킴이 뛰어나 함락시키기가 매우 어렵지만, 장규의 운세도 역시 다할 때에 이르렀습니다. 자아 공께서는 일을 그르치지 않게 주의하여 양전으로 하여금 빈도가 보낸 부적을 우선 황하 기슭에 붙이도록 하십시오. 또 양임과 위호는 그를 추격하여 그곳에 이르러 잡게 하십시오. 성을 취함에는 단지 나타와 뇌진자면 족합니다. 공께서는 친히 조호리산계調虎離山計를 쓰도록 하십시오. 그리하면 단번에 성공할 것입니다. 이번 일이 지나면 자연히 평온해질 것입니다. 그저 봉신을 끝낸 뒤에 다시 만날 것을 기약합니다. 이만 줄입니다.

동자를 돌려보낸 뒤, 그날로 자아는 나타 등에게 편지에 적힌 대로 계책을 일러주었다.

그날 밤 날이 어두워지자 서주군사들은 포를 쏘고 함성을 지르며 재빨리 성 아래로 달려갔다. 장규가 급히 성에 올라 수비대책을 세우며 천방백계千方百計로 방어했으므로 쉽게 항복시킬 수 없었다. 자아는 장규가 수성에 능함을 알고 잠시 징을 울려 병사를 철수시켰다.

다음날 한낮이 기울 무렵 자아는 대왕에게 알현을 청했다.

"오늘은 대왕께서 노신과 함께 출영하시어 면지현의 성지城池를 좀 살펴보시고 성을 취할 수 있게 하소서."

대왕은 충실하고 사리를 분별하는 후덕한 군자였으므로 곧 응하여 말했다.

"과인도 가고 싶소."

그리하여 곧바로 자아와 함께 출영하여 성 아래까지 가서 두루 둘러보았다. 자아는 손으로 가리키며 말했다.

"대왕께서 만일 이 성을 부수려 하신다면 반드시 굉천대포轟天大砲를 써야 공격할 수 있습니다. 그리하면 이 성을 일시에 깨뜨릴 수 있을 것입니다."

그때 면지성 위에서 척후병이 이들을 보고 급히 장규에게 보고했다.

"자아가 성 아래서 붉은 도포를 입은 자와 더불어 성지를 살펴보고 있습니다."

장규가 즉시 성에 올라 바라보니 과연 자아가 주무왕과 함께 있었다. 장규는 속으로 생각했다.

'자아가 나를 속임이 너무나 심하구나! 내가 연일 이 성을 지키느라 그와 접전할 기회가 없었는데, 이제 나의 성 아래까지 이르러 아무 거리낌없이 제멋대로 행동하니 이는 곧 나를 아예 무시하는 처사로다.'

화가 치민 장규는 곧 성을 내려와 부인에게 말했다.

"당신은 신경 써서 이 성을 군건히 지키고 있으시오. 내가 성 밖으로 쏜살같이 달려나가 저 우환꺼리들을 제거하겠소."

잠시 뒤 장규가 크게 소리쳤다.

"희발과 강상! 오늘은 네놈들의 목숨을 보전치 못하리라!"

그러나 장규는 화만 낼 줄 알았지 그것이 자신을 끌어낼 자아의 계책임을 미처 살피지 않았다. 자아는 빙그레 웃으며 대왕과 더불어 말머리를 돌려 서쪽으로 도망쳤다. 장규가 뒤쫓아 오는데도 서주진영에서는 한 명의 장군도 맞싸우러 나오지 않았다. 그리하여 장규는 오로지 두 사람만을 앞에 두고 마음놓고 뒤쫓았다.

그렇게 한 30리를 쫓아갔다 싶었을 때, 갑자기 징과 북이 일제히 울리며 포성이 진동하고 삼군이 고함을 지르는데 그 소리가 천지를 진동했다. 이어서 서주진영의 대소 장수들이 쏜살같이 달려나왔다.

고난영은 완전무장을 한 채 성지를 지키고 있었는데, 서주진영에서 또다시 대포소리가 들렸으나 그 연고를 알지 못했다. 그때 홀연히 성 위에서 나타가 뛰어내려 머리 셋에 팔 여덟을 드러내고 화첨창을 휘두르며 재빨리 달려왔다. 고난영도 재빨리 말 위에 올라 쌍칼로 나타를 막았다.

두 사람은 성 위에서 싸움을 계속하다가 고난영이 말을 몰아 성벽을 내려가자, 나타도 풍화륜에 올라 곧바로 뒤쫓았다. 뇌진자도 두 날개를 펼쳐 성 위로 날아올라 황금곤을 휘두르며 성 위의 군사들을 쓰러뜨린 뒤, 즉시 관문을 열어 서주병사들을 성 안으로 진입시켰다.

고난영은 상황이 불리함을 알고 호로병을 집어 태양신침을 쏘려 했으나, 이미 때가 늦어 나타의 건곤권에 정수리를 맞고 말 아래로 떨어졌다. 또다시 창으로 찌르니 고난영은 비명에 죽어 일찌감치 봉신대로 떠나버렸다.

한편 뇌진자와 나타가 성으로 들어가니 군사들은 주장이 죽은 것을 보고 모두 엎드려 항복했다.

나타가 말했다.

"너희들을 모두 사면시켜 줄 터이니, 강 원수께서 오셔서 백성들을 위무하기를 기다려라."

나타는 다시 뇌진자를 향하여 말했다.

"도형께서는 성 위에 버티고 계시오. 저는 다시 돌아가 원수님과 대왕을 맞이하겠소. 두분이 놀라셨을까 그것이 걱정이군요."

뇌진자가 말했다.

"도형께서는 망설임 없이 가심이 옳을 듯하오."

나타는 즉시 풍화륜에 올라 서쪽으로 향했다.

한편 장규는 사방에서 포성이 일고 함성이 진동했으

므로 매우 놀라고 불안해서 더 이상 자아를 뒤쫓을 마음이 생기지 않았다. 그러자 자아가 큰소리로 말했다.

"장규야! 면지현은 이미 함락되었는데 어찌하여 항복하지 않느냐?"

장규는 깜짝 놀라 그제야 그들의 계책에 속았다는 것을 알았다. 곧바로 말머리를 돌려 왔던 길을 달렸다. 그런데 갑자기 하늘빛이 어두워지면서 바로 머리 셋에 팔 여덟을 드러내고 쫓아온 나타와 마주쳤다.

나타가 크게 욕하여 말했다.

"이 역적! 네놈은 당장 말에서 내려 죽음을 받지 않고 무얼 꾸물대느냐!"

장규는 크게 노하여 칼을 휘두르며 곧바로 공격해 왔다. 나타도 쥐고 있던 창으로 맞받아 싸웠다. 몇 합을 겨루기도 전에 나타는 주문을 외워 장규를 구룡신화조에 가두려 했다.

장규는 이것이 매우 위험한 도술임을 알았으므로 몸을 한번 꿈틀거려 땅 밑으로 숨었다. 나타는 장규가 자신보다 앞서가는 것을 보고서 토행손의 모습이 떠올라 자기도 모르게 가슴이 아파왔다. 그는 더 이상 쫓지 않고 대왕을 맞이했다.

장규가 급히 성 아래로 달려가 보니 뇌진자가 성 위

에 서 있는 것이 보였으므로 성지가 이미 함락되었음을 알았다. 그는 부인의 생사여부도 알지 못한 채 스스로 생각했다.

'조가로 가서 원홍과 군대를 합쳐 다시 대책을 세우는 것이 좋겠다.'

이리하여 장규는 지행술을 써서 황하로 가는 대도를 걸어갔다. 그 빠르기가 바람과도 같았다.

한편 양임은 장규가 저 멀리에서 땅 밑으로 오고 있는 것을 보았다. 양임은 위호를 만나 이 사실을 알리며 말했다.

"도형, 장규가 오고 있소. 당신은 반드시 주의를 기울이기만 하고 그를 따라가려고 해서는 안되오. 내 손이 어디를 가리키는지를 보고 나서 그곳으로 가서 항마저로 치면 됩니다."

위호가 양임의 말을 그대로 따랐다.

이때 장규는 멀리 양임이 운하수雲霞獸를 타고 눈을 반짝이며 그를 보고 있다는 것을 알았다.

양임이 크게 소리쳐 말했다.

"장규야, 게 섰거라! 오늘 너는 이 액운을 벗어날 수 없을 것이다."

장규는 그 소리를 듣자 혼비백산하여 감히 멈춰 서

지 못하고 지행술을 써서 눈 깜짝할 사이에 1천 5백 리를 나갔다. 양임은 땅 위에서 운하수를 재촉하며 재빨리 쫓았다. 위호는 양임의 머리 위에서 그의 행동을 주시했다. 양임은 땅 밑으로 장규가 지나는 것을 보고 있었다.

장규가 땅 밑에서 보니 양임이 그의 머리 위에서 재빨리 뒤쫓아 오고 있었다. 이를테면 장규가 왼쪽으로 가면 양임도 왼쪽으로 뒤쫓고, 장규가 오른쪽으로 가면 양임도 오른쪽으로 뒤쫓았다. 장규는 어쩔 도리 없이 앞을 향해서만 전진했다.

양전은 앞에서 양임이 지시한 대로 간첩柬帖을 들고 기다리고 있었다. 양전은 장규를 보지 못했지만 멀리서 양임이 추격해 오는 것을 보았다.

양임이 양전을 보고서 크게 소리쳐 말했다.

"양형! 장규가 이르렀소."

양전은 이 말을 듣자 황망히 삼매화로 구류손의 지지성강持地成鋼의 부적을 태워 황하강변에 세워놓았다.

장규가 막 황하에 이르렀을 때 사방이 쇠로 된 통처럼 막혀 조금도 움직일 수 없었다.

'이게 대체 무슨 조화속인가!'

장규가 대경실색하여 좌충우돌했지만 소용이 없었다. 왼쪽으로도 부딪쳐보았지만 한 걸음도 나아갈 수 없었다. 몸을 돌려 돌아가려 했지만 뒤쪽도 철벽이었다.

장규가 너무도 당황하여 어찌할 바를 모르고 있는데, 양임이 쫓아와 손으로 아래를 가리켰다. 그러자 공중에 있던 위호가 항마저로 힘껏 장규 쪽을 향하여 후려쳤다.

이 귀한 보배 항마저는 삿된 마귀를 누르고 삼교의 대법을 지킨 물건이었으니, 가련한 장규가 어찌 벗어날 수 있겠는가? 그 즉시 장규는 가루가 되어버렸다. 이리하여 또 한 영혼이 봉신대로 들어갔으니, 비로소 황하 강변에서 칠살七殺을 없앤 셈이었다.

세 사람은 승리를 얻은 뒤 돌아와 함께 황하까지 추격하여 장규를 때려죽인 과정을 상세히 설명했다. 자아는 크게 기뻐하여 말했다.

"공들의 덕으로 많은 장수들의 원혼을 달랠 수 있게 되었소!"

자아의 눈가에 눈물이 맺혔다.

자아는 면지현에서 며칠을 더 머물다가 날짜를 가려 다시 병사를 일으켰다. 그날 정비된 인마가 면지현을 떠나 황하를 향했다. 그런데 마침 때는 겨울에 가까워지고 있었으므로 여러 장수와 관리들은 두꺼운 철갑과 군복으로도 한기를 감당하기 어려웠다.

낙엽 위에는 서리가 엉겨 있고 푸른 소나무에는 얼음

방울이 맺혔다. 얼어터진 흙덩이는 한층 더 추위를 돋우고 강변에서 불어오는 찬바람은 족히 심장을 얼어붙게 만들 정도였다. 병사들의 수염은 이내 뻣뻣하게 얼어붙고 가죽옷도 그저 얇게만 느껴졌다.

그렇지만 면지현을 격파한 자아의 군대는 자못 사기가 높아 누구 하나 불평하지 않았다.

마침내 황하에 이르니 좌우에서 중군에 보고했다. 자아가 싯누렇게 흘러가는 넓은 바다와 같은 황하를 바라보며 분부했다.

"백성들의 배를 빌려라."

자아의 병사들은 단 한 척도 공짜로 빌리지 않고 한 척당 은전 5냥을 지불했으므로 강가의 백성이 모두 머리를 조아리며 은덕에 감탄하지 않는 자가 없었다. 진정 이른바 '때맞춰 내리는 비와 같은 군사時雨之師'였다. 자아가 명령을 내려 별도로 용주龍舟 한 척을 준비케 하고 거기에 대왕을 모셨다. 자아와 대왕이 중창中艙에 타자 좌우에서 노를 저으며 강 중류를 향하여 출발했다.

그런데 갑자기 황하의 파도소리가 요란해지더니 바람이 심하게 불기 시작해 대왕이 탄 용주가 파도 속에서 몹시 흔들렸다. 대왕이 겁을 집어먹고 금방 얼굴빛이 하얗게 되어 물었다.

"상보, 이 배가 어찌하여 이렇게 요동치는 것이오?"

자아가 아뢰었다.

"황하는 물살이 급하여 평상시에도 파도가 치는 경우가 적지 않습니다. 하물며 오늘은 바람이 부는데다가 용주를 탔으므로 이렇게 흔들리는 것입니다."

"선창을 열고 내가 한번 살펴보겠소."

자아가 대왕과 함께 선창을 밀고 물결을 바라보니 파도가 엄청났다. 넘실거리는 물결은 달빛마저 삼키고 광활한 바다 위에 하늘이 떠 있는 듯싶었다. 게다가 천층만층으로 쌓인 파도가 흉악하게 들끓으니 배는 잠시도 가만히 있지 못했다.

또한 망망한 물결은 바다와 같아서 아무리 바라봐도 끝이 보이지 않았다. 대왕은 더욱 놀라 얼굴빛이 흙색이 되었다. 용주는 파도에 갇힌 채 그저 위아래로 떴다 가라앉았다 할 뿐이었다.

그때 홀연히 소용돌이가 일면서 물결이 두 갈래로 나뉘어졌다. 갑자기 무슨 소리가 들렸다. 그러더니 백어白魚 한 마리가 선창 안으로 훌쩍 뛰어들어 왔다. 대왕은 소스라치게 놀라서 제자리에서 펄쩍 뛰었다. 그 물고기는 배 안에서 좌충우돌하면서 네댓 척이나 높이 튀어올랐다.

대왕이 자아에게 물었다.

"이 물고기가 배 안으로 들어온 것으로 보아 장차 그 길흉이 어떠하겠소?"

"대왕이시여, 기뻐하소서! 경하드리옵니다. 물고기가 대왕의 배 안으로 들어온 것은 천자가 마땅히 멸망하고 주왕실이 흥하게 된다는 뜻입니다. 바로 대왕께서 성탕을 계승하여 천하를 다스리게 된다는 징조입니다."

이어 자아가 명했다.

"요리사에게 명하여 이 물고기를 삶아오라 하라. 대왕과 함께 맛을 보리라."

그러자 대왕이 황급히 손을 가로저으면서 말했다.

"아니되오. 이것을 도로 물속에 놓아줍시다."

"기왕에 대왕의 배에 들어온 것인데 어찌 이것을 버릴 수 있겠습니까? 이는 이른바 '하늘이 주는 것을 받지 아니하면 도리어 그 해를 받게 되리라'는 말과 같습니다. 이치상 그것을 먹어야 옳은 것이지 함부로 버려서는 아니됩니다."

대왕도 따르는 수밖에 없었다. 좌우에서 자아의 명을 받들어 요리사에게 속히 삶아오라고 명했다. 얼마 지나지 않아 요리가 다 되었다. 자아는 대왕과 장군들과 더불어 백어요리를 맛있게 먹었다. 그러자 금세 바람이 자고 파도가 잔잔해져서 용주도 이미 황하를 건너갔다.

한편 4백여 제후들은 서주병사들이 도착했다는 것을 알자 대왕을 영접할 준비를 차렸다. 자아는 대왕이 어질고 후덕한 까닭에 천자를 능멸하지 않을 것이라는 것을 알았다. 즉 그는 제후들이 대왕을 추존하고 썩어빠진 천자를 없애려고 하면 대왕이 거절하여 대사를 그르치게 될까 걱정이었다.

서기를 떠나 동정에 나설 때부터 벌써 몇 차례나 그런 경험이 있었기 때문이었다. 자아는 자아대로 대왕의 그러한 마음을 돌리려고 애를 썼지만 그것이 바로 군주의 후덕함인지라 매번 교묘하게 둘러댈 수밖에 없었던 것이다.

그래서 자아는 우선 제후들에게 분부를 한 다음에 대왕을 상견시킨다면 일이 모가 나지 않을 것이라고 생각했다. 그는 천자를 친 다음에 다시 그 문제를 논의하리라 마음먹었다.

그리하여 자아는 대왕께 아뢰었다.

"지금 배가 이미 강변에 닿기는 했지만 대왕께서는 좀 더 배 안에 머물러 계시옵소서. 노신이 먼저 강변에 올라 무기들을 벌여놓고 군위를 엄정하게 해놓겠습니다. 그리하여 제후들에게 힘을 보여준 다음 영채를 세워놓고 대왕을 모시겠습니다."

"상보의 뜻에 따르겠소."

자아는 먼저 강가에 올라 대부대의 인마를 이끌고 맹진에 이르러 영채를 세웠다. 여러 제후들이 일제히 중군에 이르러 자아를 만났다. 자아는 그들을 진영 안으로 맞아들여 서로 예를 나눴다. 그런 다음 자아가 당부했다.

"여러 제후들께서는 무왕을 뵈올 때 벌군조민伐君弔民 즉 사악한 군주를 치고 백성을 위로함에 대한 치사는 너무 많이 하지 마십시오. 그저 은나라의 정치를 살펴보자는 정도로만 말씀드리는 게 좋겠습니다. 우선 천자를 치고 나서 다시 그 문제를 상의토록 합시다."

제후들은 자아의 말을 따르기로 했다. 자아는 군정관에게 명을 내려 나타·양전과 함께 가서 대왕을 영접하게 했다. 뒤에서 서방의 2백여 제후가 뒤따라가 대왕과 함께 수레를 타고 왔다. 이로써 진정 천하제후들이 맹진에서 회동하게 된 것이니, 오늘 비로소 주나라의 위세가 온 천지에 널리 퍼지기 시작했다.

대왕은 서방 2백여 제후와 함께 맹진의 대영에 이르렀다. 기마척후병이 이 사실을 중군에 보고하니, 자아는 남북 두 곳의 4백여 제후들과 그밖에 수백 소제후들을 거느리고 나아가 대왕을 영접했다. 대왕은 곧장 중군에 이르렀는데 그곳에는 다음과 같은 제후들이 참여했다.

남백후南伯侯 악순鄂順

동남양후東南揚侯 종지명鐘志明

북백후北伯侯 숭응란崇應鸞

서남예주후西南豫州侯 요초량姚楚亮

좌백종左伯宗 지명智明

동북연주후東北兗州侯 팽조수彭祖壽

원백遠伯 상신인常信仁

이문백夷門伯 무고규武高逵

빈주백邠州伯 정건길丁建吉

우백右伯 요서량姚庶良

근백近伯 조종曹宗

동백후 강문환만은 아직 유혼관에 들어가지 못했으므로, 대왕에게 막사 안에 오르기를 청했으나 선뜻 응하려 하지 않았다. 그리하여 피차간에 여러 번 거듭 사양하다가 결국 대왕이 제후들과 동시에 인사를 나누었다.

천하제후들이 꿇어엎드려 아뢰었다.

"이제 대왕의 수레가 특별히 이곳에 이르심에 저희 제후들이 대왕의 용안을 뵙게 되었습니다. 우러러 위덕威德을 바라오니 하루 빨리 만백성을 재난으로부터 구제하소서. 이는 하늘이 내린 큰 행운이자 만민의 큰 행복입니다."

대왕은 매우 겸손하게 사양하며 말했다.

"어리석은 발發이 선왕의 자리를 이었으되 덕이 없고 견문이 적어 오로지 조상의 위업을 그르칠까 걱정이 됩니다. 외람되게도 천하제후들의 도움을 입었으니 다만 상보를 모시고 동쪽으로 여러 제후들을 만나 은나라의 정치나 살펴보고자 합니다. 만일 저에게 어리석음을 무릅쓰고 군사를 일으키라 하신다면 제가 어찌 감히 따를 수 있겠습니까? 오로지 저는 현명하신 여러 제후들의 가르침을 바랄 따름입니다."

제후 가운데 예주후 요초량이 대답해 말했다.

"천자가 무도하여 처자를 주살하고 충신과 인재를 태워 죽이며 대신을 살육했습니다. 또 주색에 빠져 교묘郊廟에 제사드리지도 아니하고 백성 버리기를 죄인 버리듯이 합니다. 이에 하늘이 진노하시어 은나라에서 천명을 거두려 하십니다. 저희는 대왕을 받들어 삼가 천벌을 행함으로써 죄인을 벌하고 백성을 위로하고자 합니다. 백성을 도탄에서 구제하는 것은 하늘의 뜻에 부응하고 백성의 뜻에 따르는 것이며 인간과 귀신의 분함을 씻어주는 것이므로 천하가 모두 기뻐할 것입니다. 만약 저희들이 대왕과 더불어 이 세상을 좌시하고만 있다면 그 죄는 또한 저 천자와 동일할 것입니다. 대왕의 결단을 바라옵니다."

대왕이 하교했다.

"천자가 비록 정도를 행하지 않는다 하나 이는 신하들이 그를 미혹시켰기 때문일 따름이오. 지금은 그저 은나라의 정치나 살펴보고 그 폐첩들과 측근들을 사로잡아 천자로 하여금 잘못된 정사를 고치게 한다면 천하는 저절로 평화로워질 것이오."

그러자 팽조수가 말했다.

"천명에는 정해짐이 없으며 오로지 덕을 지닌 이가 천하를 얻는다 했습니다. 옛날 요堯임금이 천하를 소유했으되 그 자식이 불초했으므로 순舜임금에게 그 자리를 선양했습니다. 또 순임금이 천하를 소유했으나 순임금의 자식 또한 불초했으므로 우禹임금에게 그 자리를 선양했습니다. 우임금의 아들은 현명하여 능히 아비의 업적을 계승할 수 있었으므로 이에 제위를 전하여 걸桀에까지 이르렀는데, 덕이 쇠미해졌으므로 포악한 하나라의 정치를 천인天人이 원망하게 되었습니다. 그러므로 탕湯임금이 하늘의 벌을 대신 집행하여 남소南巢로 걸을 내쫓고 하나라를 쳐서 천하를 소유했습니다. 어진 성군들이 육칠 대를 계속해 일어났으나 천자에 이르러 죄악이 가득 차 선정을 훼손시키고 무도하니, 이에 하늘이 진노하시어 은

나라에 재앙을 내리고 대왕께 명하여 은나라를 대신케 하려는 것입니다. 바라건대 대왕께서는 진실로 사양치 마시고 저희 제후들의 마음을 저버리지 말아주소서."

대왕은 겸손하게 사양함을 그치지 아니했다. 그러자 자아가 끼어들어 말했다.

"제후 제공, 오늘은 정사나 상의하고 있을 때가 아닙니다. 은나라의 교외에까지 이른 뒤에 다시 얘기하도록 합시다."

그러자 제후들이 자아의 뜻을 알아채고 모두 말했다.

"상보의 말씀이 옳습니다."

그제야 자아의 얼굴에 안도의 빛이 감돌았다. 대왕은 군영에 술자리를 베풀라 명하여 제후들과 크게 주연을 즐겼다.

한편 원홍이 군영에 있는데 기마척후병의 보고가 들어왔다.

"지금 서주군사가 맹진에 도착하여 영채를 짓고 제후들과 크게 회합을 벌이고 있으니 원수님의 결정을 청하나이다."

은파패는 보고를 듣자 황급히 앞으로 나가 말했다.

"주무왕은 천하 반역자들의 수괴로 스스로 군사를 일

으켜 이곳에 이르기까지 지나는 곳마다 승전했으며 군대의 위의가 매우 정비되어 있습니다. 원수께서는 이를 간과하지 마시고 우선 병사들을 엄격히 훈련시켜 그들을 기다리십시오."

"참군의 말씀이 진정 옳소이다. 그러나 강상은 한낱 반계 강가에서 물고기를 낚던 촌부에 지나지 않을진대, 그에게 재주가 있다면 무슨 재주가 얼마나 있겠소? 이는 모두 여러 관문의 장수들이 미리 힘써 방비하지 않았기 때문에 요행히 성공할 수 있었던 것이오. 참군은 안심하시오. 내가 일전으로 저놈을 뼈도 못 추리게 할 것이오."

다음날 자아가 일어나자 제후들이 막사로 들어와 참견했다. 이문백 무고규가 말했다.

"원수께 아뢰오. 저희 6백여 제후가 이곳에 병사를 주둔시킨 채 감히 용병을 단행하지 않고 단지 이곳에 버티고 있었던 까닭은 대왕의 대가大駕가 이르시면 모든 것을 맡겨 일하고자 했기 때문입니다. 지금 만약 원홍을 먼저 잡아들지 않는다면 저놈의 필부가 오히려 제 잘난 줄만 알고 천리天理와는 싸울 수 없다는 이치를 모를 것입니다. 바라건대 원수께서는 조속히 하명하십시오."

자아가 말했다.

"현후의 말씀이 참으로 옳습니다. 우선 전서戰書를 보

낸 다음 맹진에서 병사를 모아 천하의 악을 천하의 덕만이 이길 수 있음을 보이겠습니다."

그러자 여러 제후들이 크게 기뻐했다. 자아는 바삐 편지를 써서 양전으로 하여금 그것을 천자진영으로 전달하라 했다. 양전은 명을 받들어 천자진영으로 갔다. 말에서 내려 그는 큰소리로 외쳤다.

"강 원수의 영을 받들어 전서를 가지고 왔다."

정찰을 맡은 하급장교가 이 사실을 중군에 보고했다. 원홍은 서주진영에서 전서를 보내왔다는 소리를 듣자 황급히 좌우에 명했다.

"들라 이르라."

군정관이 군문 앞에까지 나와 양전을 들어오게 했다. 양전은 중군의 막사로 들어가 원홍을 만나 전서를 전했다. 원홍은 편지를 다 읽고 나서 말했다.

"나는 답장을 쓰지는 않고 내일 회전하기로 하겠다."

양전이 중군으로 돌아와 그대로 전했다. 자아는 여러 제후들에게 전했다.

"내일 회전할 것이오."

그리하여 모두 전투준비를 했다. 다음날 자아는 대부대의 인마를 정비하여 6백여 제후들로 하여금 일제히 나가게 했다. 한가운데는 자아의 인마가 섰는데, 모두 대홍기를 달았다. 왼쪽에는 남백후 악순이 서고, 오른쪽에는 북백후 숭응란이 섰는데, 두 쪽 모두 5색의 깃발을 달았다. 그야말로 투구와 갑옷이 산과 바다같이 펼쳐져 그 위세가 표범과 같았으며 영웅들의 모습이 호랑이 같았다.

전투개시를 알리니 삼군은 일제히 고함을 지르며 군진 앞으로 달려나갔다.

기마정탐병이 이 사실을 원홍에게 보고하자 그는 여러 장군들과 함께 진영을 나와 자아의 대부대를 살폈다. 천하제후들은 기러기 날개모양으로 배열하여 좌우로 나뉘어져 있었는데, 그 가운데는 원수 강상이 있고 왼쪽에는 악순이, 오른쪽에는 숭응란이 이끄는 부대가 보였다.

이윽고 원홍이 말에 올라 군진 앞에 이르니 자아의 좌우로 여러 부하들이 배열해 있고 그 뒤로 주무왕의 소요마가 눈에 들어왔다.

한편 자아가 보니, 원홍은 은빛 투구와 흰색 갑옷을 입고 백마를 탄 채 말 안장에는 빈철곤賓鐵棍 몽둥이를 걸어놓았는데, 그 기품이 자못 늠름했다.

원홍은 매산 아래에서 자라나 옛 동부에서 명성을 떨친 바 있었다. 일찍이 음양의 비결을 전수받고 천지의 영묘한 힘을 얻었으니, 둔갑술에 뛰어나 사람의 형상을 그대로 흉내냈다.

자아가 앞을 향하여 물었다.

"그대는 원수 원홍이 아니오?"

그러자 원홍이 말했다.

"네가 아마 반계에서 잉어를 잡던 강상이렷다!"

자아가 노하여 말했다.

"내가 바로 조가를 토벌하라는 하늘의 부르심을 받은 천보대원수다. 지금 천자의 무도함으로 천하의 민심과 덕이 은나라를 떠나고 있다. 이제 은나라의 멸망이 경각에 달려 있는데, 너는 한 잔의 물로써 어찌 수레의 섶에 붙은 불을 끌 수 있겠느냐? 네가 만일 일찌감치 창을 거꾸로 들고 순순히 항복한다면 살려주겠다만, 만일 항복하지 않는다면 하루아침에 패배하여 귀중한 보배들마저 다 잃게 될 것이다. 그때 가서 비록 목숨만이라도 구해보자 어찌 가능하겠느냐? 공연히 미혹에 빠져 있다가 네 골육까지도 낭패를 당하게 하지 말라."

그러자 원홍이 웃으며 말했다.

"강상, 너는 한낱 반계에서 고기나 낚던 늙은이임을 알아야 하리라. 그러나 물에도 깊고 얕음이 있는 법이다. 요행히 지금까지 5관에 인재가 없어 네가 이 요충지까지 이르렀다만, 네놈이 감히 어디라고 교묘한 말과 낯빛으로 나의 여러 군사들을 미혹시키려 하느냐?"

하더니 고개를 돌려 좌우 선행관들에게 말했다.

"누가 저 촌 늙은이를 잡아들여 천하의 분함을 씻어내겠느냐?"

그러자 옆에 있던 상호가 크게 소리쳐 말했다.

"원수께서는 마음을 놓으십시오. 제가 공을 이루겠소이다."

그는 말을 달려 날듯이 서주의 군진 앞으로 가서 쥐고 있던 창을 흔들며 곧바로 자아에게 덤벼들었다. 그러자 옆에 있던 우백후 요서량이 말을 내몰아 쥐고 있던 도끼를 흔들며 큰소리로 말했다.

"어리석은 놈, 어서 오너라. 여기 내가 있다!"

요서량은 바람같이 도끼를 돌렸으나, 상호常昊가 매산에 사는 뱀의 요괴라는 사실을 알지 못했다. 비록 요서량이 매우 뛰어나긴 했으나 깊이 앞뒤를 살피는 편은 아니었다. 그는 그저 공을 이루는 데에만 전력을 기울이고 있었던 것이다. 갑자기 상호가 패하여 자신의 진지로 도망하는 척하자, 요서량은 곧 말을 몰아 쫓았다.

紂王敲骨剖孕婦

천자가 백성의 뼈를 잘라내고 임신부의 배를 가르다

요서량이 뒤따라 쫓아갔으나, 상호가 말을 내몰자 발 아래에서 한바탕 회오리바람이 일더니 검은 안개를 말아 올리며 사람과 말을 그 안에 가두었다. 그때 바야흐로 그의 본모습이 나타났는데, 그는 한 마리의 큰 이무기였다.

상호는 입을 크게 한 번 벌려 독기를 뿜어냈다. 요서량은 몸도 일으키지 못하고 혼절하여 말 아래로 굴러 떨어졌다. 상호는 재빨리 말에서 내려 요서량의 목을 자른 뒤 크게 소리쳤다.

"이제 강상도 요서량과 같은 꼴이 될 것이다!"

그러나 여러 제후들 가운데 상호가 요물의 정령이라는 것을 아는 사람이 없었다. 연주후 팽조수가 말을 내몰며 창을 휘둘렀다. 그는 크게 소리쳐 말했다.

"저놈의 필부가 감히 우리의 대신을 해치다니!"

이때 오룡吳龍은 원홍의 오른쪽에 있었는데, 상호가 공을 세우는 것을 보자 참지 못하여 쌍칼을 쥐고 말을 재촉하며 날듯이 달려왔다.

"우리 진지를 뚫으려 말라!"

이에 더 이상의 말없이 두 필의 말과 칼과 창이 서로 엇갈리며 살극이 벌어졌다. 6백여 제후들은 모두 좌우에 서서 두 장군의 싸움을 지켜보았다. 몇 합이 채 못되어 오룡은 칼을 거두고 도망쳤다. 그러자 팽조수가 그를 뒤쫓았다. 오룡은 바로 지네의 정령이었는데, 팽조수가 가까이 달려온 것을 보자 곧 본색을 드러냈다. 한바탕 바람이 일더니 검은 구름을 말아 올렸다.

요사스런 기운이 사람을 홀려 팽조수는 이미 인사불성이 되었다. 오룡의 단칼에 팽조수는 어깨에서 허리까지 엇비스듬히 두 동강이 나고 말았다. 그러나 제후들은 그 연고를 알지 못했고, 단지 팽 장군이 쫓아가자 한 무더기의 검은 구름이 그를 가두더니 곧바로 죽어버린 광경만을 보았을 뿐이다.

자아의 옆에 있던 양전이 나타에게 말했다.

"저 두 장군은 모두 사람이 아니라 어떤 요괴 같소이다. 우리가 함께 가보는 것이 어떻소?"

그때 오룡은 위용을 과시하며 주나라 군진 앞으로 날듯이 달려와 크게 소리쳐 말했다.

"누가 나와서 먼저 나의 쌍칼을 맛보겠느냐?"

나타가 풍화륜을 타고 화첨창을 쥔 채 세 개의 머리와 여덟 개의 팔을 드러내고 맞받아 나왔다. 오룡이 말했다.

"너는 누구냐?"

나타가 말했다.

"내가 바로 나타 어른이시다. 네놈 같은 축생이 어찌 감히 요망한 술책으로 우리 제후를 해친단 말이더냐?"

창을 한 번 흔들고 곧바로 오룡을 향해 찔렀다. 그러자 오룡은 쥐고 있던 칼로 급히 맞받아 싸웠다. 서너 합을 겨루더니 나타가 주문을 외워 구룡신화조를 일으켰다. 그런 다음 한마디 소리를 내어 오룡을 그 안에 가두었다. 그러나 오룡은 이미 푸른빛으로 변해 달아나버린 뒤였다. 나타가 손바닥을 쳐서 구룡신화조 안에 아홉 마리 화룡이 보였을 때는 오룡이 도망간 지 이미 오래였다.

상호는 나타가 신화조에 오룡을 가두려는 것을 보고

크게 화를 냈다. 그리하여 창을 쥐고 말을 내몰며 크게 소리쳤다.

"나타 이놈, 게 섰거라. 내가 왔다!"

그때 양전이 삼첨도를 들고 은합마를 타고 와서 나타를 도와 상호를 둘러싸고 싸웠다. 몇 합을 겨루지 않아 상호는 형세가 불리함을 눈치 채고 곧 제 진영으로 퇴각했다. 양전도 더 이상 그를 쫓지 않고 다만 활을 들어 상호를 향하여 금환金丸을 쏘았다. 그렇지만 금환이 어디에 떨어졌는지 알지 못했다.

뒤에 있던 나타가 신화조를 던져 상호를 가두려 했지만 그 역시 오룡처럼 붉은빛으로 화하여 달아났다.

원홍은 두 장군의 기예가 이처럼 뛰어난 것을 보고 마음이 무척 흡족했다. 그는 명을 내렸다.

"전 삼군에 북을 울려라!"

원홍은 살기충천하여 내달리면서 크게 소리쳤다.

"자아! 너와 내가 자웅을 겨루어보자!"

그러자 자아의 옆에 있던 양임이 급히 운하수를 재촉하며 운비창雲飛鎗으로 원홍과 대적했다. 서로 대여섯 합을 겨루다가 양임이 오화선을 내어 원홍을 향해 한 번 부채질했다. 그러나 원홍은 벌써 도망가고 없었고 단지 그의 말만이 타죽었을 뿐이었다.

자아는 징을 울려 부대를 물리고 막사에 들어와 탄식하여 말했다.

"애석하게도 두 분 제후가 당했구나!"

자아의 마음은 편치 못했다. 그때 양전이 막사로 들어와 말했다.

"오늘 제가 그들 셋을 보니 모두가 요괴로 인간의 형상이 아니었습니다. 나타가 신화조를 쓰고 양임이 오화선을 썼으며 제가 금환을 썼음에도, 하나같이 그들을 해치지 못했고 결국에는 푸른빛으로 변하여 도망쳤습니다."

여러 제후들도 모두 상호와 오룡의 묘술에 대해 토론했으나 의견이 분분할 뿐 일치하지 않았다.

한편 원홍이 돌아와 막사로 들자, 상호와 오룡도 함께 들어왔다. 원홍이 말했다.

"나타의 신화조와 양임의 오화선은 모두 매우 위험한 것이오."

그러자 오룡이 웃으며 말했다.

"그놈들의 그물과 부채가 인간을 잡을 수는 있어도 어찌 우리를 잡을 수 있겠소? 단지 오늘 바란 것은 자아를 잡는 것이었는데 겨우 두 제후 놈밖에 못 잡을 줄 누가 알았겠소? 그러니 오늘은 성공했다고 말할 수 없소."

이어 원홍은 서찰을 써서 조가에 급보하여 천자의 우울한 마음을 풀어주려 했다.

한편 노인걸은 은성수殷成秀·뇌붕雷鵬·뇌곤雷鵾에게 말했다.

"현제들! 오늘 여러분은 원홍·오룡·상호가 자아와 싸우는 광경을 보았소?"

그러자 이들이 말했다.

"죽이는 방법을 잘 알 수 없었소."

노인걸이 말했다.

"이것이 바로 '나라가 장차 흥하려면 반드시 상서로운 징조가 나타나고, 나라가 장차 망하려면 반드시 요사스런 재앙이 있다'고 한 것이오. 오늘 이들 세 장군은 모두 요괴였지 인간의 모습이 아니었소. 지금 천하의 제후들이 이곳에서 연합군을 형성했으니 이는 실로 대단한 위용이오. 그러니 어찌 이 요망하고 사악한 무리가 능히 대적하여 성공할 수 있겠소?"

그러자 은성수가 말했다.

"장형은 너무 성급하게 단정짓지 마시고 뒷일이 어찌 되는지 잘 살펴봅시다."

"내 평생 3대에 걸쳐 성탕의 은혜를 입었소. 그러니

어찌 감히 국은을 저버릴 리가 있겠소? 오로지 이 한 몸 죽음으로써 나라에 보답코자 할 따름이오!"

한편 원홍이 파견한 사신은 조가로 가서 문서방에 이르렀다. 비렴이 편지를 받아 읽어보니 반역한 제후 팽조수와 요서량을 연이어 주살했다는 원홍의 승전보였다. 비렴은 기뻐서 황급히 그 편지를 가지고 녹대로 가서 천자를 알현했다.

신하가 비렴에게 천자의 어지를 하달하니 그는 어전으로 나아가 배알했다.

"대원수 원홍이 칙명을 받들어 대역무도한 천하의 제후들과 대치하며 맹진을 방비하고 있사온데, 첫 싸움에서 연주후 팽조수와 우백후 요서량을 참수하여 군위를 이미 진작시키고 주나라의 정예부대를 크게 눌러놓았다 합니다. 병사를 일으킨 이래 오늘과 같은 승리는 없었습니다. 이는 폐하의 복이 하늘과 같이 크신 까닭이며, 이렇게 훌륭한 장수를 얻었으니 며칠 안에 성공을 상주받아 사직을 안전히 할 것으로 생각됩니다. 이에 원홍이 특별히 상주문을 올려 아뢰었습니다."

천자는 이 말을 듣고 크게 기뻐했다.

"대원수 원홍이 두 명의 역적을 연이어 참수하여 적장

들의 간담을 서늘하게 했으니 그 공이 참으로 크도다. 짐이 어지를 내리노니, 특별히 표창의 뜻으로 칙서를 보내고 또 금포錦袍와 금주金珠를 하사하여 그 공을 격려하노라. 이밖에 촉蜀에서 난 비단 백 필과 보화 만 꾸러미와 양과 술을 보내 장수와 사졸들의 노고를 위로하도록 하라. 힘써 이치를 궁구하여 반역의 무리를 모두 없앤다면 별도로 봉토를 내릴 것이며 이 약속은 절대 파기치 않을 것이다. 삼가 시행하라!"

비렴은 머리를 조아리며 감사를 표한 뒤, 어지를 받들어 물건들을 맹진으로 보냈다.

한편 달기는 비렴이 원홍의 승전보를 상주했다는 소식을 듣고 천자를 알현했다.

"신첩 소씨, 폐하께서 사직을 지킬 또 하나의 신하를 얻게 되심을 축하드립니다! 원홍은 참으로 대장의 재기를 지녔으니 영원토록 중임을 감당할 만한 자입니다. 이같은 승전보로 보건대 반역의 무리들은 며칠 안에 평정될 듯합니다. 신첩은 이 같은 경사를 실로 황상의 끝없는 복이라고 말씀드리고 싶습니다. 지금 특별히 술잔으로써 폐하께 축수드립니다."

그러자 천자가 말했다.

"황후의 말은 참으로 짐의 뜻과 같도다."

이에 시중에게 명하여 녹대 위에 구룡석九龍席을 마련하게 했다. 세 명의 요부가 천자와 함께 술을 마셨다.

그런데 이때는 바로 음력 12월이라 날씨가 몹시 추웠다. 막 주연을 벌이고 있는데 갑자기 사방에서 붉은 구름이 일더니 배꽃 같은 눈송이가 난무했다. 그러자 시중이 고했다.

"하늘에서 눈이 내리고 있습니다."

천자가 크게 기뻐하며 말했다.

"눈을 감상하기에 참으로 좋은 때로구나!"

그는 신하에게 술잔을 따뜻하게 데워오라 하여 거듭 술을 따르게 한 뒤 세 요괴와 달콤한 술잔을 주고받으며 즐겼다.

천자는 달기와 함께 술을 마시다가 큰 눈송이가 분분히 내리는 것을 보고 급히 어명을 내렸다.

"주렴을 말아 올리라. 짐은 황후와 미녀들과 더불어 눈을 감상할 것이다."

시중은 주렴을 말아 올리고 주위에 이미 쌓인 눈을 쓸었다. 천자는 달기·호희미·왕 귀인과 함께 녹대 위에서 온통 은으로 장식한 것 같은 조가성의 안팎을 살폈다.

참으로 장관이었다. 처음에 소록소록 소리도 없이

내리기 시작한 눈은 은쟁반에 옥구슬이 구르듯 잔잔하게 퍼지더니, 이내 나비의 날갯짓처럼 펄펄 흩날리기 시작했다.

보이노니, 모든 것이 흰 눈 꽃송이에 뒤덮였다. 궁궐의 지붕은 마치 하얀 솜이불을 덮어놓은 듯했고, 다리의 난간에는 버들솜처럼 소담스럽게 눈이 쌓였다. 그러더니 이제 눈은 큼지막한 송이로 바뀌어 펑펑 내리는 것이었다.

천자가 말했다.

"황후, 당신은 어린 시절부터 노래를 배운 이가 아니오? 어찌하여 설경을 노래한 곡조 한 가락 뽑아 짐의 술맛을 돋우지 않는 게요?"

그러자 달기가 붉은 입술을 벌리며 꾀꼬리 같은 혀를 천천히 놀려 노래 한 곡을 뽑았다. 진정 '아름다운 꾀꼬리 소리 버들가지 너머로 피어오르고, 생황의 맑은 소리 하늘에서 울려 퍼진다'고 한 고운 목소리였다.

막 변방에서 제비 날아오더니,
다시 성문 밖으로 날아가네.
너울너울 춤추며 옥교玉橋를 건너,
표연히 날아서 낭원閬苑으로 왔네.
이리저리 우물쭈물 날갯짓하더니,
건곤의 옥수레를 흔들거리네.

얼어붙은 장강엔 물고기와 기러기 그윽이 잠자고,
빈 숲속에선 호랑이 울부짖고 원숭이 울음소리 애달프네.
하늘에서 마음대로 내려와,
냉기가 가슴을 파고드네.
눈송이 애처로이 땅에 떨어져,
백옥계단이 되었네.
궁중의 침실까지 한기가 스며 소맷자락 싸늘한데,
마침 따사로운 붉은 태양이 머리 내밀고 방긋 웃음짓네.
붉은 구름 걷히고 온 세상 밝아오니,
한 줄기 푸른 하늘 나타나고,
서기와 서광이 뿜어져 나오네.

달기가 노래를 끝냈지만 그 뒤로도 한동안 여운이 은은하고 아름다운 맛에 다함이 없었다. 천자는 매우 기뻐하며 석 잔의 술을 연달아 마셨다. 그때 일시에 눈이 멈추더니 붉은 구름도 흩어지고 날씨가 다시 갰다. 천자와 달기는 난간에 기대어 조가의 설경을 감상했다.

그때 문득 서문 밖에 작은 강 하나가 보였다. 그러나 실상 그것은 흐르는 강이 아니라 고여 있는 호수였다. 천자가 녹대를 축조하면서 경관을 돋우기 위해 흙을 운반하여 작은 강을 만들어 놓았던 것이다. 바야흐로 눈 섞인 물이 고여 있으니 행인들은 불편하여 반드시 맨발로 강을 건널 수밖에 없었다.

바로 그때 한 노인이 맨발로 물을 건너는데 추위에도 아랑곳하는 기색이 전혀 없이 빠르게 건넜다. 마침 어떤 젊은이도 맨발로 건너고 있었는데, 그는 천천히 건너는 것이 겁을 잔뜩 집어먹은 모습이었다. 이때 천자가 앉아 있는 녹대는 높은 곳이었으므로 그들의 태도를 모두 살펴볼 수 있었다.

천자가 강을 건너는 그 두 사람을 보고 물었다.

"참 이상하구나, 이상해. 이렇게 이상한 일이 있다니! 저 늙은이는 물을 건널 때 추운 것을 겁내지 않고 빠르게 건너는데, 도리어 저기 저 젊은이는 추위에 벌벌 떨며 매우 힘들여 건너는구나. 이는 세상의 이치와는 정반대가 아닌가?"

달기가 말했다.

"폐하께서 모르셔서 하시는 말씀입니다. 노인이 차가움을 겁내지 않는 것은 노인의 부모가 혈기가 왕성할 때에 교접해서 낳은 때문입니다. 근본이 두터워 정혈精血이 충만하고 골수가 꽉 차서 비록 노년에 한기를 만나더라도 별로 두려워하지 않는 것입니다. 그런데 추위를 타는 저 젊은이의 경우는 부모가 말년에 혈기가 이미 시든 상태에서 교접하여 잉태했기 때문에 근본토대가 매우 약한 것입니다. 그러니 정혈도 고르지 못하고 골수가 꽉 차지 못하므로 비록 나이는 젊지만 뼈대는 노인과 같아서 추위가 오면 먼저 겁내는 것입니다."

그러자 천자가 웃으며 말했다.

"이는 짐을 미혹시키려는 말이로다! 본시 사람은 아비의 정기와 어미의 피를 받아서 생겨난 것이므로 젊음과 늙음도 자연적인 현상이거늘 어찌 그 이치에 반대되는 일이 있겠는가?"

달기가 또 말했다.

"폐하께서는 어찌하여 시종을 시켜 그들을 잡아오게 하지 않습니까? 그리하시면 자연히 그 내막을 알게 될 것입니다."

이에 천자가 어지를 내렸다.

"시종은 서문에 가서 방금 물을 건넌 저 노인과 젊은 이를 함께 잡아오너라."

그러자 시종이 황급히 서문에 이르러 그 노인과 젊은이를 한꺼번에 잡아왔다. 그러자 두 사람이 말했다.

"우리를 잡아가서 어쩌려고 그러는 게요? 우리는 갈 길이 바쁘단 말이오."

"천자께서 당신들을 보고 싶어 하시오."

"우리는 법도를 잘 지키고 세금도 잘 냈는데 무엇 때

문에 우리를 잡아오라는 게요?"

그러자 관리가 말했다.

"여러분에게 좋은 일이 있을는지도 모르잖소!"

이윽고 시종이 두 백성을 잡아 녹대 아래로 데려와 어전에 고했다.

"폐하께 아룁니다. 젊은이와 늙은이를 녹대 아래로 잡아왔습니다."

천자가 명했다.

"그 두 백성의 정강이뼈를 도끼로 찍어보아라. 내가 직접 살펴보리라."

신하들은 깜짝 놀랐으나 어명을 거역할 수는 없었다. 할 수 없이 영문도 모른 채 서 있는 그 늙은이와 젊은이를 꽁꽁 묶은 다음 도끼로 넓적다리를 잘라냈다. 시뻘건 피가 흰 눈 위에 쏟아지고, 애꿎은 두 백성은 외마디 비명과 함께 목숨을 잃고 말았다.

시종들이 그들의 넓적다리를 가져갔다. 천자가 보니 과연 늙은이는 뼈가 꽉 찼는데 젊은이는 그렇지 못했다.

천자는 크게 기뻐하며 달기에게 말했다.

"과연 소 황후의 혜안은 감탄할 만하오."

그런 다음 신하에게 명했다.

"시체를 끌어내라."

다만 길을 가던 무고한 두 백성은 애꿎게도 천자와 달기의 눈에 띄었다는 이유 하나만으로 가련하게도 이러한 횡액을 만난 것이었다.

한편 천자는 달기가 이처럼 기이한 재주를 갖고 있음을 보고 그녀의 등을 어루만져 주면서 거듭 말했다.

"황후는 진짜 신인神人이오. 영험함이 어찌 이와 같은가?"

달기가 말했다.

"신첩이 비록 여자의 몸이지만 어릴 적에 음부술陰符術을 익혔으므로 음양의 변화를 헤아리는 데에는 신기하게 적중시키지 않은 적이 없었습니다. 마침 정강이를 잘라서 그 골수를 보여드리기는 했지만 이런 일쯤은 식은 죽 먹기입니다. 여자가 아이를 뱄을 경우에는 한 번만 보아도 임신한 지 몇 개월이 되었는지, 사내아인지 계집아이인지, 그리고 뱃속에서 어느 쪽을 향하고 있는지도 다 알아낼 수 있습니다."

천자가 깜짝 놀라며 말했다.

"방금 노인과 젊은이는 정강이를 잘라 그 골수를 보고 이와 같은 신기함을 짐이 확인했지만, 임신한 여자의 경우는 그 묘한 이치를 모르겠구나."

"어려울 게 뭐 있겠습니까? 직접 임신한 여자를 잡아다 확인해 보면 되는 일이지요 "

그러자 천자가 관리에게 하명했다.

"백성들 가운데 임신한 여인들을 수색하여 짐에게 데려오라."

이리하여 어지를 받든 관리는 조가의 성 안을 샅샅이 뒤져 세 명의 임신부를 찾아내 궐문으로 끌고 왔다. 그러자 남편이 따라 나와 애걸복걸하며 통곡했다. 그러다가 그들은 울부짖으며 소리쳤다.

"천자의 법을 어기지도 않았고 조세를 내지 않은 적도 없는데 어찌하여 아내를 잡아간단 말이오?"

그러나 관리들인들 어찌하랴! 그들은 행여 자기들에게 형벌이 떨어질까 두려워 다만 말없이 명을 받들 뿐이었다.

참으로 두 눈 뜨고 보지 못할 참경이었다. 자식은 어미와 떨어지려 하지 않고, 어미는 자식과 떨어지려 하지 않았다. 다만 서로 슬피 울었지만, 관리들이 앞에서 가리고 뒤에서 막아 궐문으로 끌고 들어갔다.

그때 기자는 문서방에서 미자·미자계·미자연 그리고 상대부 손영과 함께 천하제후들의 연합군을 물리치러 간 원홍 장군이 어찌되었는가에 대해 의견을 나누고 있었다.

그런데 갑자기 구룡교 쪽에서 시끌벅적한 소리가 들

리더니, 천지를 뒤흔드는 듯한 통곡소리가 끊이지 않고 터져 나오는 것이었다. 그들은 깜짝 놀라 일제히 문서방을 나와 그 상황을 알아보러 갔다. 그러자 관리들이 세 명의 임신부를 끌고 오는 것이 보였다.

기자가 물었다.

"무슨 일인가?"

관리들이 차마 대답하지 못하고 머뭇거리자 한 여인이 울며 대답했다.

"우리는 모두 천자의 법을 어기지도 않았는데 무엇 때문에 우리를 잡아가는 것이며 잡아가서 무엇을 하려는 것입니까? 전하는 천자의 신하이니 마땅히 나라를 위하고 백성을 위해야 할 것입니다. 부디 저희들의 가엾은 목숨을 구해 주소서!"

말을 하면서도 임신부들의 곡성이 끊이지 않았다. 기자는 황망히 관리들에게 물었다. 그제야 한 관리가 대답했다.

"폐하께서 녹대에서 눈을 감상하시나가 강을 건너는 백성들을 보시게 되자, 황후의 말씀만 들으시고 노인과 젊은이의 뼈를 각기 잘라서 골수를 살펴 그 상태를 분별하여 그 노인과 젊은이의 성장내력을 알게 되신 까닭에 폐하께서 매우 기뻐하셨습니다. 황후가 또 아뢰기를 배를 갈라 그 태아를 살펴보면 음양의 이치를 알 수 있다고 했습니다. 폐하께서는 이 말을 믿으시고 신들에게 하명하시어 성 안의 임신부들을 잡아오라 하셨습니다."

기자는 이 말을 듣고 크게 욕하여 말했다.

"어리석은 군주로고! 지금 서주의 병사들이 성 아래까지 이르러 금방이라도 해자를 넘어오려 하는데, 사직이 위태로운 이 마당에 도리어 요망한 계집의 말이나 듣고서 이렇게 엄청난 죄업을 저지르다니! 너희들은 그냥 있거라. 내가 가서 임금께 직접 간언하여 그치게 하리라."

기자는 노기를 멈추지 못했고 미자 등도 기자를 뒤따랐다.

한편 천자는 녹대에서 오로지 임신부를 데려와 달기의 말을 확인하고자 기다릴 뿐이었다. 그런데 시종이 와서 아뢰었다.

"기자 등이 알현을 청합니다."

천자가 말했다.

"드시라 이르라."

기자는 녹대에 오르더니 엎드려 통곡하며 말했다.

"성탕 이래로 제위가 전해진 지 수십 세가 되었건만, 오늘에 이르러 우리 은나라가 망하게 될 줄은 몰랐습니다. 그런데도 폐하께서는 경계하고 반성하실 줄은 모르고 이렇게 무고한 악업만 일삼고 있으니, 도대체 무슨 면목으로 선왕의 영전을 뵈올 것입니까?"

천자가 노하여 말했다.

"반역자 희발의 무리는 이미 대원수 원홍이 있어 족히 대적할 만한데 사직의 폐망을 운위함은 또 무슨 까닭인가?"

그러자 기자가 다시 관리들로부터 듣고 임신부들로부터 확인한 일을 낱낱이 고했다.

천자가 대답했다.

"짐이 우연히 설경을 감상하다가 강을 건너는 자를 보았는데, 노인과 젊은이가 물을 건너는 것이 이상하게 차이가 났소. 다행히 황후가 명료하게 분별해 주어 이로써 짐이 그 의문을 풀 수 있었으니 이치상 무슨 문제가 된단 말이오? 이제 짐은 임신부의 배를 갈라 음양을 살펴보려 할 뿐이오. 천자가 음양의 이치를 헤아리는 것은 마땅히 해야 될 일이거늘, 무엇이 그리 큰일이라고 그대가 감히 면전에서 짐을 모욕하고 선왕들에게 망언을 하는가?"

기자가 울면서 간했다.

"신이 듣건대 사람은 천하의 영기를 받고 태어나 오

관이 나누어지며 천지가 이끄는 법도에 의해 성장해 간다 했습니다. 하물며 백성의 부모가 되어 살아 있는 영기를 학대했다는 것은 일찍이 듣지 못했습니다. 또한 인간은 한 번 죽으면 다시 살아날 수 없는데 그 육신을 아끼지 않고 가벼이 버리는 자가 누가 있겠습니까? 지금 폐하께서는 하늘을 공경하지도 않고 후덕한 정사를 펴시지도 않으니, 하늘이 노하고 백성이 원망하여 민심이 날로 어지러워지고 있습니다. 폐하께서는 그래도 자성하지 않으시고 오히려 저 무고한 부녀들을 살상하시려고 하니, 저는 맹진에 주둔하고 있는 8백여 제후들이 하루아침에 이를까 걱정됩니다. 병사들이 일단 성에 이르게 되면 또 누가 폐하를 위하여 이 도성을 지키겠습니까? 그런데도 폐하께서는 여전히 아녀자의 이야기나 믿고 백성의 뼈를 잘라보고 임신부의 배를 가르려 하시니, 신은 그저 서주의 인마가 이르면 한번 싸워보지도 못하고 조가의 백성을 헌납하게 되지나 않을까 걱정입니다."

기자의 감정은 더욱 격해졌다.

"군민軍民이 폐하와 원수가 되면 그들은 단지 주나라 희발이 빨리 오지 않음을 한탄하면서 대그릇의 밥과 술을 내어 그들을 맞이할 것입니다. 비록 폐하께서 포로가 된다 하여도 이치상 당연한 것입니다. 단지 천하제후들의 손에 허물어질 28대의 신주神主가 안타까울 뿐이니 폐하께서는 진정 이런 일을 감당하실 수 있겠습니까?"

천자가 크게 노하여 온몸을 부르르 떨면서 말했다.

"늙어빠진 필부로고! 어찌 감히 면전에서 망국의 원인을 짐에게 돌리는 말로써 짐을 모욕할 수 있단 말이냐? 불경함이 이보다 더 큰 것이 어디에 있으리오?"

천자는 무사에게 명했다.

"잡아 죽여라!"

기자가 크게 소리쳐 말했다.

"신은 이 한 몸 죽어도 조금도 애석하지 않습니다. 단지 당신과 같은 어리석은 임금이 나라를 망침으로써 그것이 만세의 희롱거리가 되어 효자와 효손이 나온다 하여도 그 허물을 다 덮을 수 없을까 안타까울 뿐입니다."

좌우 무사들이 기자를 끼고서 막 녹대 밑으로 내려가려 했다. 그러자 녹대 밑에서 여러 사람들의 절규가 들려왔다.

"아니되옵니다!"

미자와 미자계 그리고 미자연 세 사람이 대 위로 올라와 천자 앞에 엎드려 오열하며 차마 말을 잇지 못하고 눈물만 펑펑 쏟을 뿐이었다.

이윽고 미자가 말했다.

"기자는 사직에 공을 세운 훌륭한 충량입니다. 오늘 그의 간언 중에 비록 과격한 말이 있었다 하나, 이는 모두 나라를 위한 것이오니 폐하께서는 헤아려 주소서! 지난날 폐하께서는 비간의 심장을 도려내시더니 오늘은 또 간언하는 충량 기자를 죽이려 하십니까? 사직의 위태로움이 조석에 달려 있는데 폐하께서는 깨닫지 못하고 계시니, 신 등은 만백성의 원한이 사무쳐 그 화가 곧바로 미칠까 걱정입니다. 다행히 폐하께서 기자를 가엾게 여겨 사면하여 주시고 충간의 명예를 포상하신다면, 아마도 민심을 수습할 수 있을 것이며 천명을 되돌릴 수 있을 것입니다."

천자는 미자 등이 일제히 간하는 것을 보고 어쩔 수가 없어 말했다.

"내 황백皇伯과 황형皇兄의 간언을 받아들이고자 하니, 장차 기자를 평민으로 폐할 것이오."

그러자 뒤에 서 있던 달기가 급히 말했다.

"폐하, 아니됩니다. 기자는 면전에서 군주를 모욕했으니 이미 군신의 예법도 지키지 않은 것입니다. 지금 만약 저자를 밖으로 추방한다면 반드시 원망이 생길 것입니다. 그러니 혹시 주나라 희발과 도모하여 화란이 생기는 데까지 이르다면 그때에는 안팎에서 적을 받게 되므로 우환이 적지 않을 것입니다."

"그러면 어찌 처리하면 좋겠는가?"

"신첩의 소견으로는 기자를 삭발시키고 구금하여 궁실의 노예로 삼음으로써 국법을 과시하여, 백성들이 감히 경거망동하지 않게 하고 신하 또한 멋대로 망언하지 않게 해야 할 줄로 압니다."

천자는 그 말을 듣고 크게 기뻐하여 명했다.

"듣거라! 기자를 당장 데려가 삭발시킨 뒤 감옥에 가두었다가 궁노로 삼아라!"

무사들이 어명을 받들어 기자를 끌고 갔다. 이리하여 성탕의 충신이 하루아침에 노예로 전락하고 말았다. 미자는 이와 같은 광경을 보고 성탕의 상나라는 끝내 돌이킬 수 없음을 알았다. 그는 곧 녹대에서 내려와 미자계·미자연과 함께 크게 울며 말했다.

"우리 성탕을 이은 지 6백 년이 된 오늘에 이르러 군주가 도를 잃었으니 이는 하늘이 우리 은나라를 망하게 하심이다. 어찌하면 좋으리오!"

미자는 미자계와 미자연 두 아들과 함께 의논하여 말했다.

"나는 너희 형제와 함께 태묘 안에 있는 28대의 신주를 짊어지고 다른 주군州郡으로 떠나려 한다. 그리하여 성

명을 감추고 은나라 조상의 제사나 받들면서 끊어지지 않게 하련다."

미자계가 눈물을 머금은 채 그 말에 응했다. 이리하여 세 사람은 황급히 짐을 꾸려 다른 주로 떠나 은둔했다.

훗날 공자는 "미자는 떠나갔고 기자는 노예가 되었으며 비간은 간하다가 죽었다"고 하면서, "은나라에 세분의 어진 사람이 있었다"고 했다.

또한 후세사람이 시를 지어 이를 칭송했다.

꾀꼬리 우는 상나라 교외엔 온갖 잡초 돋아나니,
성탕의 궁전은 흙먼지 된 지 오래로다.
충신을 노예로 삼았는데도 어찌 상나라 제사는 이었는가?
나라를 떠나면서도 마땅히 후대의 제사를 대비했다네.
충신의 심장을 꺼내는 과오를 저지르더니,
이번엔 임신부의 배를 가르는 해악을 자행했다네.
조가는 머지않아 주나라 군주에게 돌아갈 것이니,
성탕이 도깨비불 되는 것이 애석하구나!

천자는 세 명의 임신부를 녹대 위로 끌어오게 했다. 달기가 그 가운데 한 여인을 가리키며 말했다.

"저년의 뱃속에는 사내아이가 들어 있고 어미의 왼쪽 갈비뼈를 향하고 있을 것입니다."

또 다른 여인을 가리키며 말했다.

"역시 사내아이이며 오른쪽 갈비뼈를 향하고 있을 것입니다."

천자가 신하들에게 명하니 즉시 참극이 벌어졌다. 임신부들은 혼절한 상태에서 비명 한번 못 지른 채 곧바로 죽고 말았다. 도부수들이 배를 가르고 보았더니 달기의 말이 조금도 틀림이 없었다. 이에 신이 난 달기는 마지막 한 여인을 가리키며 말했다.

"계집아이가 들어 있고 등쪽을 향하고 있을 것입니다."

그 임신부가 울부짖으며 외쳤다.

"대명천지에 어찌 이런 일이 있을 수 있습니까? 제발 제 뱃속에 든 아이만은 살려주십시오!"

구슬 같은 눈물이 옷깃을 적시니 신하들도 얼굴이 벌겋게 달아올랐다. 그렇지만 달기는 전혀 들은 척도 하지 않았다.

"어서 갈라보아라!"

도부수들이 할 수 없이 칼을 대서 역시 배를 갈라보니 과연 틀림이 없었다. 아직 제 모습도 갖추지 못한 핏덩어리 계집아이가 어미의 등쪽을 향해 있는 것이었다.

천자가 크게 기뻐하며 말했다.

"황후의 묘술이 귀신과 같으니, 비록 거북점이나 시

초점이라 하더라도 이를 당할 수 없을 것이로다!"

이때부터 천자와 달기는 더욱더 매사에 꺼리는 바가 없게 되었다. 멋대로 부덕한 행위를 일삼으며 괴상하고 참혹한 짓을 저질렀으니 만백성은 치를 떨었다.

천자가 임신부의 배를 가른 그날, 마침내 하늘과 땅이 어두워지면서 해와 달이 빛을 잃었다. 다음날 한 관리가 녹대로 와서 보고를 올렸다.

"미자 등 세분 전하께서 관아의 문을 잠근 채 자취를 감추었습니다."

천자는 눈 하나 깜짝하지 않고 말했다.

"미자는 늙었으니 이곳에 있어보았자 무용지물이고, 미자계 형제들도 조가에 머물러 있어보았자 짐의 과업을 행하지 못한다. 그들이 떠났으니 오히려 짐의 시름을 던 셈이다. 지금 원수 원홍이 자주 큰 공을 이루고 있으니 서주군사들도 별다른 일을 벌일 수는 없을 것이다."

그로부터 천자는 간하는 신하들이 모두 사라진 것을 오히려 기뻐했다. 마침내 나날이 황음무도하게 향락에 빠져 국사는 전혀 돌보지 않았다. 이제 조정의 문무백관들은 단지 머릿수나 채우고 있을 뿐이었다.

어느 날 현자를 초치한다는 방문을 보고 두 사람이 왔는데 생긴 모습이 몹시 흉악했다. 한 사람은 시퍼런 얼굴에 눈은 등불 같았고 큰 입에 날카로운 이빨을 드러 냈으며 몸집이 장대했다.

또 한 사람은 오이껍질 같은 얼굴에 입은 피를 담아놓은 세숫대야 같았으며 이빨은 단검처럼 예리했고 수염은 검붉었다. 또한 정수리에는 두 개의 뿔이 돋아나 있어 매우 괴이한 형상이었다.

이들이 중대부 비렴을 알현하러 왔다. 비렴은 그들을 보자 매우 두려운 마음이 앞섰다. 서로 인사를 마치자 비렴이 물었다.

"두 호걸께서는 고향이 어디고 이름은 무엇이오?"

두 사람이 몸을 굽히며 말했다.

"우리 두 사람은 대부의 백성이며 성탕의 백성입니다. 듣자 하니 강상이 오만하고 망령되이 천자의 관새를 침범했다 하므로 저희 두 형제가 천자의 휘하에 투신함으로써 나라의 은혜에 보답코자 합니다. 저희는 작록 같은 영예는 추호도 바라지 않으며 단지 서주군을 쳐부숴 천자가 당한 치욕을 씻어드리고자 할 따름입니다. 이 백성은 고명高明이며 동생은 고각高覺이라 합니다."

서로 통성명이 끝나자 비렴은 이들을 데리고 녹대로 갔다.

마침 주연을 벌이고 있던 천자가 물었다.

"대부는 무엇을 아뢰러 왔소?"

비렴이 아뢰었다.

"지금 고명과 고각이라는 두 현사가 와서 작록은 도모하지 아니하고 국은에 보답하기 위해 서주군을 쳐부수고 싶다 합니다."

천자는 크게 기뻐하며 녹대로 올라오라 명했다. 두 사람이 몸을 굽혀 절하고 엎드려 신이라 칭했다. 왕이 몸을 일으키라 하니 두 사람이 비로소 일어났다. 천자는 그들을 한번 보고 모습이 너무도 기괴하여 깜짝 놀랐다.

"짐이 보건대 이 두 사람은 진정 영웅의 상이로다!"

그리하여 곧바로 녹대 위에서 신무상장군神武上將軍으로 봉했다. 그런 다음 천자가 말했다.

"대부는 짐을 대신하여 주연을 베풀라."

두 사람은 녹대를 내려와 의관을 갖추고 현경전에 가서 연회를 즐기다가 저녁이 되어서야 작별인사하고 조정을 나왔다.

다음날 고명과 고각은 어지를 받들어 맹진으로 나아갔다.

子牙捉神荼鬱壘

자아가
신도와 울루 두 귀신을 잡다

고명과 고각은 사신과 함께 맹진으로 가서 대군영 밖에 이르러 전했다.

"어지를 받으라!"

기분관이 중군에 보고하니 원홍과 여러 장수들이 어지를 받아들고 중군으로 들어가 읽었다. 천자의 조서는 이러했다.

듣자 하니 장수란 삼군의 사명司命으로 사직의 안위가 그에게 달려 있다고 한다. 장차 그 인재를 얻으면 국가가 의

지하는 바가 되지만, 만일 진실로 그가 재력才力이 없다면 그 화를 헤아릴 수 없을 것이니 나라는 또 무엇을 바라겠는가? 그대 대원수 원홍은 문무를 겸비하고 학문이 천지간에 뛰어나 훌륭한 공업을 누차 세웠으니, 진정 국가의 주춧돌이자 당대의 인재로다. 지금 특별히 대부 진우陳友를 보내 양 고깃국과 어주御酒·금백金帛·금포錦袍를 하사하노니, 그것들을 가지고 변방을 지키는 노고에 대신하고자 하노라. 하루바삐 승전보를 알려와 짐의 소망을 풀어주도록 하라. 짐은 봉토나 높은 작록도 아끼지 아니하고 그대의 성공을 기다리노라. 그대는 삼가 시행하라! 이에 특별히 유시하노라.

원홍은 성은에 감사드린 뒤 고명과 고각에게 들어오라 했다. 고명과 고각은 막사로 들어와 원홍을 보았다. 상견례를 마치고 원홍은 그들이 기반산棋盤山의 복숭아 요괴와 버드나무 귀신임을 알아보았다. 고명과 고각도 원홍이 매산의 흰 원숭이임을 알아보았다. 이들은 서로 따뜻하게 위로하여 마치 한 형제인 것처럼 좋아했다.

다음날 원홍은 국은에 감사하는 답신을 써서 조가로 돌아가는 천자의 사자에게 보냈다. 이어 원홍은 고명과 고각에게 명하여 서주진영에 싸움을 걸게 했다. 두 사람은 기개를 뽐내며 출영하여 서주진영에 이르러 크게 소리쳐 말했다.

"강상은 나오라!"

기마척후병이 중군으로 들어와 보고하자 자아는 장수들에게 물었다.

"누가 나가서 한 판 붙을 것인가?"

그러자 옆에 있던 나타가 말했다.

"제자가 가겠습니다."

자아가 허락하자, 나타는 명을 받들고 출영했다. 적진에서는 매우 흉악하게 생긴 두 사람이 걸어왔다. 한 사람은 푸른빛 얼굴에 등불 같은 뺨을 했고, 또 한 사람은 푸른 소나무 같은 얼굴에 피를 담은 대야 같은 입을 하고 있었다.

나타가 크게 소리쳐 물었다.

"그대들은 누구인가?"

고명이 대답했다.

"우리가 바로 고명과 고각이시다. 지금 원홍 장군의 명을 받들어 특별히 반역자 강상을 잡으러 온 것이다. 그런데 네놈은 뭐하는 놈이기에 감히 나를 보러왔는가?"

"요망한 짐승이 감히 말을 함부로 하는구나!"

말을 마치자마자 쥐고 있던 화첨창을 흔들며 곧바로 두 장수에게 대들었다. 고명과 고각도 각각 창과 도끼를 들고 대항했다. 세 장군은 용담호혈龍潭虎穴 곧 용이 사는 연못과 호랑이 굴 같은 전장에서 맞붙어 싸웠다.

나타는 재빨리 머리 세 개에 팔 여덟 개의 모습으로 변신한 다음 주문을 외우면서 건곤권을 던져 고각의 정수리 한가운데를 명중시켰다. 그러자 고각이 한 줄기 황금빛으로 되어 사방으로 퍼졌다. 나타는 다시 구룡신화조를 던져 그 안에 고명을 가두고 손바닥을 한번 치니, 아홉 마리의 화룡이 나타나 순식간에 그것을 태웠다. 나타가 돌아와 둘을 죽였다는 보고를 했다.

한편 고명과 고각은 간신히 빠져나가 원홍을 만나 말했다.

"강상의 측근들은 모두 다름 아닌 삼산과 오악의 문도들이었습니다. 그들이 있어서 그가 요행히 성공을 했겠지만 일찍이 우리같이 오묘한 재주를 지닌 사람은 보지 못했을 겁니다. 비록 강상에게 몇 명의 문도가 있다고 해보았자 별것 아니니, 강상이 온갖 수단을 다 동원한다고 해도 어차피 우리들의 손아귀에서 벗어날 수 없을 것입니다."

그들은 모두 기뻐했다.

다음날 고명과 고각이 또 서주진영에 와서 싸움을 걸었다.

"고명과 고각이 원수님의 대답을 기다리고 있습니다."

자아가 깜짝 놀라 나타에게 물었다.

"어제 그대가 돌아와 두 장군을 죽였다고 했는데 오늘 또 왔다 하니 어찌된 일인가?"

나타가 별일 아니라는 듯이 애써 태연한 척 말했다.

"생각건대 고명 등 두 놈은 필시 몸을 감추는 하찮은 묘술을 부리나봅니다. 사숙께서 친히 나가보십시오. 저희가 곧 진상을 밝혀내겠습니다."

자아가 명을 내리니 6백여 제후가 일제히 나가 자아의 용병을 참관했다. 포성이 들리더니 서주진영의 대부대가 나오는데, 갑옷과 투구가 산과 바다 같았으며 화살 끝이 찌를 듯이 번쩍거렸다.

자아는 사불상을 타고 군진 앞에 이르러 두 적장의 용모를 보았는데 매우 흉측하고 천박했다. 자아가 크게 나무라며 말했다.

"고냉과 고각! 너희는 천시를 따르지 아니하고 감히 억지로 천왕의 군대를 가로막고 있으니, 이는 스스로를 죽이는 재앙을 자초하고 있는 것이니라!"

그러자 고명이 크게 웃으며 말했다.

"자아! 나는 네놈이 곤륜산의 촌무지렁이라는 것쯤은 이미 알고 있다. 네놈은 아마 일찍이 우리 같은 영용한 장수들을 만난 적이 없을 것이다. 오늘의 성패는 바로 이 손 안에 있다!"

말을 마치자 두 장수는 창과 도끼를 들고 덤벼들었다. 이쪽에서는 이정과 양임이 말을 타고 달려나와 대거리도 없이 싸우니, 사방에서 병기들이 서로 맞부딪쳤다.

한편 양전은 옆에서 관망하고 있었는데 고명과 고각의 무리도 요괴라는 것을 알았다. 그래서 자세히 살펴보면서 만일의 사태에 대비했다. 양임이 오화선을 꺼내 고명을 향하여 한 차례 부치자, 단지 '훅' 하는 소리만 나더니 한 줄기 검은빛으로 변하여 사라졌다. 이정도 주문을 외워 황금탑 안에 고각을 가뒀지만 한순간에 보이지 않았다.

원홍은 여러 장수와 함께 대군영 밖에서 고명 형제가 서주군과 대전하는 것을 보고 있었다. 그러다가 양임이 오화선으로 고명에게 부채질을 하고 또 이정이 황금탑으로 고각을 가두는 것을 보고, 황급히 오룡과 상호에게 명하여 함께 대전하게 했다.

두 장군이 크게 소리치며 나아갔다.

"주나라 장수들은 돌아갈 필요 없다. 여기 우리가 왔노라!"

그러자 나타가 풍화륜을 타고 오룡과 싸웠고, 양전은 삼첨도로써 상호에게 대항했다. 이리하여 네 장군 사이에 한바탕 큰 싸움이 벌어졌다.

원홍은 속으로 생각했다.

'오늘은 기필코 성공을 거두리라. 실수하면 안된다.'

이에 백마를 재촉하여 빈철곤을 들고 자아에게 덤벼들었다. 옆에 있던 뇌진자와 위호가 원홍과 대적했다. 뇌진자는 풍뢰시를 펼쳐 공중으로 날아올라 황금곤으로 원홍의 정수리를 때렸다. 위호는 항마저를 휘둘렀는데 그것은 보통의 것이 아니라 수미산須彌山만한 것이었다.

원홍이 비록 도술을 부릴 줄 아는 원숭이라고는 하지만 그 역시 항마저만은 감당할 수 없었으므로 금방 흰빛으로 변하여 도망쳤다. 그리하여 단지 안장을 얹은 말만이 진흙같이 뭉개져 버렸다.

양전은 효천견을 풀어 상호를 물게 했다. 그러나 상호는 뱀의 정령이었으므로 개가 물어도 해를 당하지 않았다. 상호는 이 개가 신선의 재주를 가진 선견仙犬이라는 것을 알았기에 먼저 검은 빛으로 화하여 도망쳤다.

나타는 신화조를 펼쳐 오룡을 가뒀다. 그러나 오룡도 푸른빛으로 변하여 도망쳤다. 그리하여 끝내 모두들 허탕을 치고 말았다.

자아는 징을 울려 군대를 돌렸다. 양전이 막사로 들어와 말했다.

"오늘의 접전에서는 아무런 이득이 없었습니다. 옛날에 제가 스승님과 이별할 때 일찍이 스승님께서 저에게 한마디 당부를 하셨습니다. 즉 '만일 맹진에 도착하거든 위험한 매산의 칠괴七怪를 조심해서 방어해야 한다'고 하시면서 제자에게 유념케 하셨습니다. 지금 보건대 저희들의 도술로써는 어찌할 수 없으니, 원수께서 마땅히 대처할 계책을 세우셔야 비로소 성공할 듯합니다. 이 상태로는 비록 죽음으로써 싸운다 해도 성공할 수 없을 것 같습니다."

자아가 말했다.

"나에게 방법이 있다."

그날 저녁 자아는 북을 쳐서 여러 장수들을 막사로 불러들였다. 그런 다음 이정·뇌진자·나타·양임에게 간첩柬帖을 주어 각기 한 방향씩을 맡게 하고 계책을 일러주었다.

여러 문도들은 명을 받고 나갔다. 자아는 먼저 영채를 나와 팔괘를 펼쳐 구궁九宮을 따져본 다음 복숭아나무 말뚝을 박을 방위를 잡았다.

자아는 모든 것을 잘 준비해 놓았다.

한편 고명은 자아가 팔괘의 방위에 따라 그들 두 형제를 잡기 위해 오골계와 검둥개의 피를 발라 복숭아나무 말뚝을 박으라고 명하는 내용을 이미 알고 있었다. 두 형제는 자아의 그 말을 듣고 너무나 우스워서 웃음을 그치지 못했다.

"공연히 마음만 수고롭게 하는 일이다! 네놈이 우리를 어떻게 잡는지 두고 보자!"

다음날 자아는 친히 대군영 밖에 가서 싸움을 걸었다. 원홍이 고명과 고각에게 출전할 것을 명했다.

고명 형제가 자아를 향해 소리쳤다.

"자아, 네놈이 은나라의 대원수를 소탕하겠다고 했다지만, 우리가 보기에 네놈은 하나의 어릿광대에 불과할 따름이다. 네가 진정 곤륜산의 선비라면 병사를 이끌고 더불어 자웅을 겨루는 것이 마땅할 터이다. 그렇거늘 어찌하여 복숭아나무로 말뚝을 박고 부적을 붙이며 주위에 필괘를 펼치고 구궁에 따라 문도들을 시켜 오골계와 검둥개의 피, 그리고 오물을 가지고 우리 두 사람을 물리치려 하느냐? 우리는 귀신도 아니고 사악한 요괴도 아닌데 어찌 네놈의 편법을 두려워하겠느냐?"

그때 자아는 계략이 이미 노출되었음을 알고 깜짝 놀라지 않을 수 없었다.

'이놈들이 어찌 이를 알았을꼬? 이는 필시 서주진영에 저들과 내통하는 자가 있기 때문일 것이다.'

고명과 고각이 도끼와 창을 들고 곧바로 자아에게 덤벼들었다. 자아를 모시고 있던 무길과 남궁괄이 일제히 말을 몰며 급히 맞섰다. 고명이 정신을 집중하니 맹호와 같았고, 남궁괄이 기력을 쓰니 기운이 솟구치는 용과 같았다. 고각의 창에는 긴 깃발이 펄럭이고, 무길의 창에는 살기가 번뜩였다.

네 장군은 맹렬한 기세로 한 치도 물러섬이 없었다. 자아도 사불상을 재촉하며 검을 빼어 들고 와서 싸움을 도왔다. 그런데 몇 합을 겨루기도 전에 자아가 진중으로 패주했다.

고명이 웃으며 말했다.

"도망가지 말라! 내가 네놈의 계략을 두려워할 줄 아느냐? 내가 간다!"

고명 형제 두 사람이 자아의 뒤를 쫓아 서주진영 쪽으로 들어오는 순간 동쪽에 있던 이정, 남쪽에 있던 뇌진자, 서쪽에 있던 나타, 북쪽에 있던 양임 등이 사방에서 일제히 부적을 붙이니 곳곳에서 우렛소리가 났다.

위호가 공중에서 병에 있던 오물을 아래로 들이붓자 개피와 닭피, 그리고 여자의 오줌과 똥이 온 사방을 적셨다. 그렇지만 고명과 고각은 한바탕 푸른빛으로 변해서 또 사라지고 없었다. 여러 문도들이 살펴보았으나 행방을 알 수가 없었다.

자아는 군사를 거두어 막사에 들어가더니 크게 화를 내며 말했다.

"오늘 우리 전장에 사사로이 진영의 비밀을 누설하는 첩자가 있었음을 어찌 알았으리오? 이렇게 된다면 도대체 어느 날에 성공할 수 있겠는가? 장차 우리 편의 군사 기밀을 고명이 모두 알 터이니 이것이 도대체 어찌된 일이란 말인가?"

그러자 옆에 있던 양전이 말했다.

"사숙께 아룁니다. 주위의 장관들은 서기에서 의병을 함께 일으켜 36차례의 공격을 겪으면서 지금의 5관에 이르렀습니다. 수백 번의 대전을 치르면서 많은 충신과 인재들이 죽거나 고생을 하여 오늘 여기에 이르렀습니다. 친지를 정벌할 날이 눈앞에 다친 이 시점에서 어찌 그럴 리가 있겠습니까? 제가 보기에 이 두 놈은 사람이 아니라 필시 요괴일 터이니 그놈들의 모습은 인간과는 매우 다를 것입니다. 사숙께서는 깊이 헤아리시기 바랍니다. 지금 제가 어떤 곳에 가서 스스로 그 진위를 알아보겠습니다."

자아가 말했다.

"그대는 어디를 가려는가?"

양전이 말했다.

"아직 발설할 수 없습니다. 사숙의 말씀대로라면 일이 누설되어 그르치게 됩니다."

자아가 허락하자 양전은 날이 어두워짐을 기다려 떠났다.

한편 고명과 고각은 원홍을 만나 자아가 팔괘진을 써서 복숭아나무 말뚝을 박았던 일을 한바탕 들려주었다. 원홍은 이 일을 갖추어 써서 조가에 보냈다. 고각은 또한 서주진영의 자아와 양전이 함께 의논하는 것을 들었는데, 양전이 어떤 곳을 가려고 하고 또 그곳을 자아에게 알리지 않으려 하는 이야기를 들었다.

두 형제가 말했다.

"네놈이 아무리 우리의 정체를 밝히려 애써봤자 알아내지 못할 게 뻔하도다!"

두 사람은 한바탕 크게 웃었다.

한편 양전은 서주진영을 떠나 토둔법을 써서 옥천산에 있는 금하동을 찾아갔다. 실로 눈 깜짝 할 사이의 일이었다.

양전이 금하동에 이르렀는데 동부의 문이 굳게 닫혀 있었다. 그가 문을 두드리자 얼마 안 있어 동자가 하나 나오더니 사형이 온 것을 보고 황급히 물었다.

"사형, 웬일이십니까?"

양전이 말했다."

수고스럽겠지만 현제는 스승께 내가 왔다고 전하게."

동부 안으로 들어간 동자가 옥정진인께 아뢰었다.

"사형 양전이 밖에서 뵙기를 청하고 있습니다."

옥정진인은 몸을 일으켜 분부를 내렸다.

"그를 데리고 오너라."

양전은 벽유상 앞에 이르러 절을 했다. 옥정진인이 말했다.

"네가 오늘 여기에 온 것은 무슨 일 때문이냐?"

양전은 맹진에서의 자초지종을 말씀드렸다.

그러자 옥정진인이 말했다.

"그놈의 업장들은 본시 기반산의 복숭아나무 요괴와 버드나무 귀신이니라. 복숭아나무와 버드나무의 뿌리가 30리나 뻗어 있어 천지의 신령한 기운을 취하고 일월의 정화精華를 받아 기운을 지닌 지 오래되었다. 지금 기반산에 헌원묘가 있는데 그 사당 안에는 토우귀신이 있다. 그들을 이름하여 천리안千里眼과 순풍이順風耳라고 한다. 두 요괴는 그 영기에 의탁하고 있으므로 눈으로는 천 리를 볼 수 있고 귀로는 천 리 안의 소리를 들을 수 있다. 그러나 천 리 밖의 일은 볼 수도 들을 수도 없다. 너는 자아에게 기반산으로 사람을 보내 복숭아나무와 버드나무 뿌리를 파내서 태우게 하고 헌원묘에 있는 두 개의 토우도 부숴버리게 하여 그 영기를 뿌리뽑아야 한다고 전하라. 또한 짙은 운무로 가려 영채를 안 보이게 하라고 일러라. 그런 다음 계책을 쓰면 자연히 없어질 것이니라."

이렇게 말하면서 옥정진인은 나지막이 계책을 일러주었다.

양전은 명을 받고 다시 서주진영으로 돌아왔다. 군정관이 자아에게 이 사실을 보고하자 자아는 그를 중군으로 불러들여 물었다.

"이번에 간 일은 어찌되었는가?"

양전은 고개를 내저으며 말하지 않았다. 왜냐하면 기밀이 누설될까 걱정되었기 때문이었다.

자아가 말했다.

"오늘 그대는 왜 이러는 것인가?"

양전이 말했다.

"제자는 오늘 감히 말씀드릴 수가 없으니 곧 행동으로 보여드리겠습니다."

자아는 양전을 믿었으므로 더 이상 묻지 않았다. 양전은 영기令旗를 들고 군막을 나와 후방부대의 대홍기大紅旗 2천 개의 깃대를 삼군에게 들고 있게 했다. 또 1천 명의 군사들로 하여금 북과 징을 치게 하니 그 소리가 천지간에 울려퍼졌다. 이는 모두 고명 형제의 천리안과 순풍이를 현혹시키려 함이니 자아가 이를 알 리 없었다.

자아는 양전의 이 같은 행동을 보았으나 그 이유를 알 수가 없어 다시 물었다. 그제야 양전이 말했다.

"고명과 고각은 각각 기반산의 복숭아나무 요괴와 버드나무 귀신입니다. 그들은 헌원묘에 있는 천리안과 순풍이라고 하는 두 토우의 영기에 의탁하고 있습니다. 이런 상황에서는 반드시 깃발로 가려 앞이 보이지 않게 해야 천리안으로도 볼 수 없게 됩니다. 또 징과 꽹과리를 일제히 울려야 순풍이가 듣지 못하게 됩니다. 청컨대 원수께서는 장군들에게 명하여 기반산으로 가서 그 뿌리를 캐어 태워버리게 하시고 헌원묘의 두 토우귀신을 부수게 하십시오. 그런 연후에 짙은 안개를 두껍게 깔아 군영을 차단해 버리면 바야흐로 그 귀신들을 물리칠 수 있습니다."

자아는 이 말을 듣고 크게 기뻐하며 말했다.

"기왕에 일이 그러하다면 어서 빨리 처리해야겠다."

자아는 급히 이정에게 명했다.

"3천의 인마를 데리고 기반산으로 가서 그 뿌리를 파내십시오."

또 뇌진자에게 명했다.

"그대는 가서 토우로 된 귀신을 부숴라."

이정과 뇌진자가 각기 명을 받고 떠났다. 그런 다음 자아는 부하들을 배치해 놓고 이정과 뇌진자가 돌아오기만을 기다리고 있었다.

한편 고명과 고각은 서주진영에서 북과 징소리가 계속해서 나는 것을 들었다.

고각이 말했다.

"형님, 보니까 어떻습니까?"

"온통 붉은 깃발을 벌여놓아 눈앞이 그저 휘황찬란할 뿐이다. 아우가 좀 들어보게."

그러자 고각이 말했다.

"징소리와 북소리가 일제히 울리니 귀청이 멍멍할 뿐입니다. 이러니 어찌 조금이라도 들을 수 있겠습니까?"

까닭을 알 리 없는 두 사람은 마음이 조급해졌다.

이때 이정의 인마는 복숭아나무와 버드나무의 뿌리를 파냈고, 뇌진자는 토우귀신을 부쉈다. 자아는 막사에서 두 장수가 돌아오기를 기다리며 적장을 부숴버릴 좋은 계책을 마련하고 있었다.

다음날 자아가 군중에 있는데 보고가 들어왔다.

"뇌진자가 돌아왔습니다."

자아는 중군으로 들어오게 하여 물어보았다.

"토우귀신을 부수는 일은 어찌되었는가?"

"명을 받들어 두 귀신을 모두 부수고 그 뿌리를 근절시키고자 사당도 태워버렸습니다. 사당은 다시 세워야겠지만, 대왕께서 천자정벌의 공을 이루신 뒤에 다시 중수해도 늦지 않을 듯합니다."

자아는 크게 기뻐하며 곧바로 나타와 무길에게 명하여 군영 앞에 제단을 하나 세우게 했다. 그런 다음 오행의 방위를 세우게 한 다음 그 한가운데에 작은 칼을 놓고 사면팔방에 부적을 붙여두게 했다.

그때 이정도 복숭아나무와 버드나무의 뿌리를 다 파내고 중군에 돌아와 복명하자 자아는 매우 흡족했다. 이윽고 자아는 중군에서 여러 제후와 함께 의논했다.

"동백후는 아직 도착하지 않았소?"

그때 홀연히 보고가 들어왔다.

"삼운독량관 정륜이 도착했습니다."

자아가 막사 안으로 불러들이니 정륜은 임무를 끝내

고 돌아와 양인糧印을 바쳤다. 정륜은 토행손이 이미 죽었다는 이야기를 듣고 매우 슬퍼했다.

한편 원홍은 군영에 있으면서 속으로 생각했다.

'이제까지 서주군과 누차 싸웠지만 이렇다 할 공은 얻지 못하고 헛되이 세월과 정력만 소비했도다.'

그는 측근들에게 명하여 몰래 상호와 오룡에게 이렇게 전하게 했다.

"고명과 고각은 선두에서 적진을 뚫고 나가라. 오늘밤 강상의 진지를 칠 것이다."

또 명을 내려 말했다.

"참군 은파패와 뇌개의 부대는 좌우에서 싸움을 돕고 은성수와 노인걸은 퇴로를 차단하라. 하룻밤 안에 성공할 수 있도록 힘써라."

여러 장수들은 명을 받고 날이 저물어 거사할 시간만 기다렸다.

한편 자아는 중군에 있었는데 홀연히 일진광풍이 땅으로부터 올라오더니 군막 앞으로 밀려왔다. 그는 풍향이 괴이한 것을 보고 산가지를 꺼내 괘를 짚어보고 나서 그 연유를 알았다. 자아가 명했다.

"중군의 막사 안에 복숭아나무 말뚝을 박고 부적으

로 눌러놓아라. 또 땅에다 그물을 펴고 지붕에는 비단을 덮어서 어두워 중군 안을 분간할 수 없게 하라. 각 진영에 명하여 군사들을 함부로 움직이지 않게 하라. 이정은 동쪽을 막고, 양임은 서쪽을 막고, 나타는 남쪽을 막고, 뇌진자는 북쪽을 막아라. 양전과 위호는 좌우에서 제단을 보호하라."

자아는 또 남궁괄·무길·정륜·용수호 등에게 명을 내렸다.

"너희는 각각 대왕의 영채를 수비하라."

여러 장수들은 명을 받고 물러갔다.

이어 자아는 목욕을 하고 제단에 올라가서 원홍이 영채를 습격하기를 기다렸다.

날이 저물자 원홍은 적진을 탈취하고 자아를 대파시켜 성공을 거둘 수 있도록 군마를 정비했다. 2경쯤 되었을 때 드디어 출진명령이 내려졌다. 고명과 고각이 선두의 제1부대를 맡고 원홍이 제2부대를 맡았다.

이를 보고 노인걸이 은성수에게 말했다.

"현제, 내 소견으로 살피건대 오늘밤의 기습작전은 성공할 수도 없을 뿐만 아니라 필시 패망의 화를 불러일으킬 것 같소이다. 하물며 자아는 용병술이 뛰어나고 현묘한 책략이 변화무궁하오. 또 그 문하에는 도덕을 갖춘 선비가 많이 있는데 우리의 이번 거사에 어찌 대비가 없겠소? 우리는 후방부대에 있으니 기미를 보아 행동을 개시합시다."

은성수가 말했다.

"장형의 말씀이 매우 타당합니다."

두 사람은 각자 마음의 준비를 했다. 고명과 고각은 서주진영에 이르러 대포에 불을 붙였다. 병졸들이 한바탕 함성을 내지르며 쳐들어갔다. 원홍은 상호·오룡과 함께 뒤쫓아 싸움에 나아갔다.

자아는 제단 위에서 머리를 풀어헤치고 칼을 찬 채 북두칠성 그림을 펼쳐놓고 그 위를 밟았다. 그러자 삽시간에 사방에서 풍운이 일었다. 이것이 바로 자아가 곤륜산의 묘술을 빌어 신도神荼와 울루鬱壘 두 귀신을 잡으려는 것이었다.